吉沢久子

# 今日を限りに生きる。

人間、明日のことはわからない

さくら舎

◆もくじ

## 第一章　毎日「今日が最高」と思っている

## 第二章　私と家族の歴史が刻まれた家



## 第三章　いまの私の一日の過ごし方

## 第四章　生きることには、つらいこともある

## 第五章　死ぬのはかんたん、と思うわけ

## 第六章　心残りのない生き方を

# 今日を限りに生きる。

人間、明日のことはわからない

# 第一章　毎日「今日が最高」と思っている

# 昨日よりも今日の自分が豊か

「あの頃はよかった」「もう十歳若ければ」「もし、あの人と結婚していれば」……。年を重ねて時間に余裕ができると、古いアルバムを引っぱりだして若き日に思いをはせたり、こんなはずではなかったと人生を悔《く》いてみたりと、ふり返る行為が多くなりがちです。

楽しかった出来事を反芻《はんすう》して味わい尽くすのも年寄りの特権かもしれません。しかし、幸か不幸か私にはそういった趣味がないのです。

親元を離れ、東京の下町で親戚の家に身を寄せながら職業学校に通い、速記者として生計を立てはじめた十代、明日どうなるかわからない戦争の日々を必死で生きた二十代、そして三十代で結婚をして、四十代、五十代は仕事と家事に明け暮れる日々。そして六十代で姑《しゅうとめ》と夫を見送ってひとり暮らしがスタート……。

それぞれの年代を駆け抜けてきたいま、「このときがいちばん楽しかった」という比較が私にはできません。

もちろん、そのときどきに楽しかったこと、つらかったことがあったのでしょうが、それを含めて今日の自分がある。冷静に考えても、昨日よりも今日のほうが確実に歴史は深くなるわけです。そして好奇心を持って一生懸命に生きていれば、日々何かしらものを覚えるわけですから、生きている限り永遠に昨日よりも今日の自分のほうが豊かなのです。

だから私は毎日毎日、「今日が最高」だと思って生きています。

当然ですが、年を重ねれば失っていくものもたくさんあります。たとえば、昨日まで当たり前にできていた丸ごとのかぼちゃを切るなんてことが、あるとき急にあぶなっかしくなる。何でもないところで、つまずいて転びそうになる。それをピンチと捉《とら》える人も多いようですが、私はそれすら自分の変化として楽しんでしまうようなところがあるのです。

かぼちゃが切れなくなったことを、「能力の喪失《そうしつ》だ」と決めつければマイナスだし、「新しい自分との出会いだ」と捉えればプラスになる。オセロゲームの駒のように、自分の意思《いし》で黒にも白にも引っくり返すことができるわけです。

ピンチということでいえば、若さをいちばん楽しめる二十代は、日本の暗い戦争の時代でした。そんな中でも私は、「明日のことを心配するより、今日を一生懸命生きて楽しもう」「楽しい今日を、努力して明日に持ち越そう」と、そんなふうに生きてきました。

大正七年（一九一八年）生まれの私は、五歳で関東大震災を経験していますが、そのときの記憶といえば、隣のおじさんが、たらいをかぶって逃げていく姿がおかしくて笑っていたことぐらい。持ち前の「くよくよ、じめじめが嫌い」の性質に助けられてきてしまったところがあるのです。

それから何といっても、夫を亡くした六十六歳からのひとり暮らしは、とにかく自由に暮らすことの素晴らしさを教えてくれました。夫がいた頃は、夫やそのきょうだいのことを考えなければなりませんでした。

夫の古谷《ふるや》綱武《つなたけ》は文芸評論家、義弟の綱正《つなまさ》はジャーナリストでしたから、ああいう人たちの仕事に差し障《さわ》ったらいけないと。たとえば、私が「赤旗」などに記事を書いたら、「君の奥さんは共産党なのか」と夫にいう人がいた。まだ、そんな時代でしたから。

そういった周囲への気苦労もいまは一切なくなったので、年齢とともにつらいことが起きてきても、やはり私にとっては、いまがいちばんしあわせなのです。

こうして今日を満足しながら生きて、それで病気になったらそのときは休み、休んでも治《なお》らなくてもうだめだとなったら、それだけの命だったな、と思えます。

つまり懸命に生きていれば、老いもそれほど怖がることはないのです。

# 食欲とは仲よくおつきあい

先日、風邪をひきそうになり、「よし栄養のあるものを食べなくちゃ」と思って「うなぎ丼」をつくりました。

うなぎは常《つね》に冷凍してあるので、電子レンジを使えばすぐに食べられます。白いご飯の上に温《あたた》めたうなぎをのっけて、庭から適当に抜いてきた春菊やニラをさっとゆがいて一緒にとれば、栄養のバランスも悪くありません。

もちろん、お店で食べるようなわけにはいきませんが、ひとまず自分のおなかと心を満たすことはできるのです。

そういう意味では、ひとり暮らしというのは本当に気楽です。手の込んだ料理をつくる必要はなく、自分がいま食べたいものをささっとつくって、好きな器《うつわ》にのせれば、簡単に食事の準備ができてしまうのですから。

私は韓国の「チヂミ」がわりと好きなのです。ただ、外で食べたり買ってきてもらったものは、私にはあまり合わなかった。だから見よう見まねで自己流につくっています。

まず、卵と牛乳、小麦粉を混《ま》ぜて生地《きじ》をつくり、ゴマ塩を少々。桜エビだとかジャコ、ニラ、ネギなど、好きな具を入れるのです。それを大きなフライパンでエイッと引っくり返したりして焼くのはなかなか楽しい。

パンケーキも好きですが、あまり甘いものを食べたくないなと思うときは、チヂミがいちばん。卵と牛乳をベースにして、いっぺんにいろんな具が食べられるし、お肉、魚介類、野菜、何を入れても自分流でいいわけですから、飽《あ》きもこない。ついでに冷蔵庫の整理もできます。

そして、「今度はどういうチヂミをつくろう」とか、「明日はこれをつけて食べよう」「ジャコをたくさんいただいたから入れてみよう」とか、想像がどんどん広がっていくのです。

大きいものをつくったときは半分を冷凍しておくと、いつでも解凍して食べられるので、チヂミはひとりの食事にはとても重宝《ちょうほう》します。

それにしても、家事というのは本当に創造的な仕事だと思っています。お料理なんてその最たるものでしょう。チヂミひとつとっても、これだけの工夫ができるのですから。

だから私にとってお料理は家事の中でもいちばんの楽しみ。「明日は白和《しらあ》えを食べるから、今夜のうちに下ごしらえをしておこう」「今度、あの人にも食べさせよう」などと計画を立てることで、生活にうるおいやハリも出てきます。

人間、最後まで残る欲望といったら食欲でしょう。それとは仲よくおつきあいしておいたほうがいい。

からだの調子が悪いと人は暗くなるし、せっかく抱いた希望も行動に移すことができません。だから食は何よりも大切。食べる喜びはいくつになっても感じていたいと私は思っています。

# 四十年以上つくっている冬の風物詩

わが家の冬の風物詩《ふうぶつし》といえば、軒先《のきさき》にずらりと吊《つ》り下がった、てるてる坊主《ぼうず》のような格好をした「ゆべし」。

もう四十年以上になるでしょうか、いつしか年中行事として、家事の中に組みこまれているのがゆべしづくりです。

ゆべしは、東北や北関東あたりではクルミの入った餅菓子《もちがし》を指すようですが、わが家でつくるのは柚子《ゆず》の中身をくりぬいて、そこにお味噌を詰めて乾燥させるいわゆる「丸ゆべし」。毎年、冬至《とうじ》の日に五十個くらいつくります。

ありがたいことに、わが家でゆべしに出合って「ぜひ来年はゆべしづくりを手伝わせてほしい」という弟子入り志望者が後を絶たず、近年は夫の友だちの娘が、熊本から助《すけ》っ人《と》として来てくれています。

ゆべしのつくり方は、お茶の先生に教えてもらいました。私がお茶を習っていたわけではないのですが、かつて一緒に暮らしていた姑が自宅で英語を教えていて、そこにお茶の先生が通っていらしたのです。

あるとき、その方がゆべしを二、三きれ持ってきてくださった。それを食べた姑が感激して私を部屋に呼び、ひときれ食べてみたらあまりにもおいしかったので、すぐにいいました。「つくり方を教えてほしい」と。

そうしたら、「私は何十年もお茶をやってきて、やっとお家元に教えてもらったのよ」と、怒られてしまいました。聞くと、高弟《こうてい》が呼ばれるお家元の初釜《はつがま》（新年、初の茶事）の際に、八寸《はっすん》としてごく薄切りにしたゆべしが出されるらしいのです。

それでも、何とはなしにつくり方を聞いて、あとは自分流につくってしまいました。最初の頃はお味噌にクルミやゴマを加えていましたが、いま私がつくっているゆべしの材料は、柚子と八丁味噌だけ。

柚子は毎年、熊本から大きさの揃《そろ》ったものを送ってもらいます。八丁味噌は愛知県でつくられる豆味噌の一種で、それなりに値の張るものですが、三年味噌なので熟成された独特のうまみがあるのです。私の使う八丁味噌は固いので、柚子に詰められるよう、お酒とみりんで味噌をゆるめるところからスタートします。

柚子は上の八分目ぐらいのところを切って中をくりぬき、柚釜《ゆがま》にします。その中に詰めやすい程度にゆるめた八丁味噌を詰め、ふたの部分をのせ、柚子の皮と味噌がきちんと合うように一時間ぐらい蒸《む》します。

柚子が透明になったところで蒸し器から取りだし、形を整えて二日間ほど風に当てます。そして、少しまわりが乾いたら和紙に包んで口を縛《しば》り、軒先に吊るすのです。

干すのは立春までの一ヵ月半ですが、湿っているとうまくいかないので、お天気の具合で三月ぐらいまで干すときもあります。

できあがったゆべしは薄切りにして食べますが、乾燥して驚くほど真っ黒に変化していきます。柚子皮と味噌がぎゅっとひとつになって、モチモチとした食感と柚子のさわやかな香りが口じゅうに広がります。

その素朴《そぼく》さも日本人好みなのではないでしょうか。お味噌を練《ね》るなどけっこう手間はかかりますが、基本的にはお天道様《てんとう》が仕上げてくれます。

この伝統あるゆべしづくりが途絶えてしまうのは惜《お》しいと思い、あるとき「新潟日報」のコラムにレシピを書いたら、読者の方から「つくってみました」というお手紙がたくさん届いて、とってもうれしかったです。

## 「ゆべし」が教えてくれること

最近はゆべしをつくるときにふと、「あと何度、これをつくれるかしら」と思ったりもします。

この年中行事を突然取りやめたところで、誰ひとりとして文句をいわないでしょう。それでもやっぱり私がつくろうとするのは、これを楽しみに待っていてくださる方があるからです。

詩人の谷川俊太郎《たにかわしゅんたろう》さんのお父さま、哲学者の谷川徹三《てつぞう》先生はゆべしが大好きで、散歩の途中でうちの軒先に干してあるのを見つけると、奥さまに「多喜子《たきこ》、早く行ってもらっておいで。吉沢さんはすぐ人にあげちゃうから」とおっしゃったと、奥さまからうかがっていました。

小説家で落語などの評論でも知られる安藤鶴夫《あんどうつるお》さんや詩人の草野心平《くさのしんぺい》さんもゆべしが好きで、毎年楽しみに待っていらした。草野さんは新宿でバーをやっていて、夫と飲みにいくとき、手みやげに持っていったものです。

できあがったゆべしは、常温で三年くらいはもちます。きっと戦国時代の戦《いくさ》や参勤《さんきん》交代《こうたい》のときに、保存食として持っていったのではないでしょうか。

昔の女たちは、たとえば菊が花を咲かせれば、一方では漬けものや薬にするための花を干したり、冬じゅう仏さまの花に困らないように吊るし花にしておいたりと、一年を季節の家事で区切りながらいろいろな生活技術を身につけたのでしょう。

薬になる花や実、食べられる花や葉や実を、昔の人はよく知っていました。だから、飢饉《ききん》のときも、食いつなぐことができたのかもしれません。

そして、飽食《ほうしょく》の時代といわれるいま、地震に備えてインスタントラーメンやレトルト食品を買いだめでもしておこうかという若い人たちに、「まあ、何でも用意しておいたら」と冷たく返事をする私ですが、備えというのは買いだめだけではないと意地悪のひとつもいいたくなります。

そういう私も、ずっと昔の女たちから見たら生活技術もなくなっており、世の中が便利になると、実生活的な力が衰《おとろ》えていくことは確かなようです。

# 私の自己流手づくり化粧水

冬至の恒例行事である「ゆべしづくり」の後は、くりぬいた果肉から柚子の種を取りだして、化粧水をつくります。

なにせ五十個も柚子を使うわけですから、種だって捨てたらもったいないでしょう。ただし、その年によって種の数もまちまちだから、手元にある分だけを原料にします。私はいつも、分量だとか割合などは考えないでつくります。

手づくり化粧水といってもあっけないほど簡単なもので、柚子の種をアルコール度数二十〜二十五度ぐらいの焼酎《しょうちゅう》に一ヵ月ほど漬けるだけ。それを濾《こ》したものに、薬局などで売っているグリセリンを加えたものを、私は保湿剤として使っているのです。何でも私はいいかげんにつくっていますが。

柚子の種のまわりのヌルヌルには、保湿成分が含まれているらしいので、種は洗わずにそのまま漬けるのがポイントです。

この手づくり化粧水を私は顔にも手にもつけますが、何がいいって、いわゆる人工的な香料のにおいがしないことです。

とくに、お料理をするときに、市販のハンドクリームだと食材や食器ににおいが移らないかと気になりますが、わが家の化粧水は柚子の種と焼酎、グリセリンしか入っていないので、変なにおいがつかないのがいいのです。

それにしても、こうして本来なら捨ててしまうくだものの種で化粧水ができるなんて、おもしろいですね。

「もったいない」の精神はわが国の美徳などといいますが、昔から日本人はひとつのものを最後まで使い切る、命をまっとうさせることで、ものへの敬意を示してきたのだと思います。その習慣は忘れたくないですね。

あと肌につけるものは、オリーブオイルとワセリンぐらいです。

オリーブオイルは、出版社の方から「宇野千代《うのちよ》先生はこれしか顔にのせなかったそうです」と聞いて試しに使ってみたら、面倒くさくないし使い勝手がいいのです。

顔につけて残ったら手や頭にもつけてしまう。それで「私、顔につけて、残ったらこうやっちゃうの」と、エッセイストの岸本葉子《きしもとようこ》さんにいったら、「私もよ」なんて。たいして化粧をしていない人は、みんなそうみたいです。

お医者さんで出してもらった手につける白色ワセリンを見せて、「これ、ガサガサにならないで、とてもいいのよ」といったときは岸本さん、一生懸命ワセリンを買いにいっていました。

そんな調子ですから、デパートで売っている化粧品のような高いものは一切使っていません。まったくもってお金のかからない、自己流のお手入れです。

でも、わりあい自分に合っているのか、年齢のわりに肌が元気などといわれ、「どんなものをつけているのですか？」と聞かれるのですが、特別なことはしていないので恥《は》ずかしい限りなのです。

もちろん、くだものは食べるのも大好きです。リンゴやみかんなど、あれば何でも食べますし、お昼に柿ひとつをぺろりとたいらげてしまうこともあります。

いまのくだものは昔に比べて本当に甘くなりました。だから糖分を考えるとあまり食べてはいけないのでしょうが、まあいいやと思って食べています。そんなことにかまっていられないから。

柿もみかんもビタミンCがたっぷり。自分でつくった化粧水を塗《ぬ》るぐらいで肌がピンピンしているのは、大好きなくだものをたくさん食べて、日常的にビタミンCをとっているからではないでしょうか。そう私は思っているのですけれど。

# なじみの五十年モノのくだものナイフ

人間が古いものですから、家にあるものは何でも古いのです。たとえば、五十年ほど使っているくだものナイフ。買ったときは刃が厚めで、いまひとつ切れ味がよくなかった。だから砥石《といし》でもって自分で一生懸命に研《と》いで刃をつけたら、驚くほど使いやすくなりました。

ジャガイモの皮をむくのにもいいし、ゆべしやかまぼこ、羊羹《ようかん》もスッと気持ちよく切れる。テレビを見ながら柿をむいたりするのにも重宝です。

ほかにもナイフは台所にたくさんありますが、ちょっとしたものを切るときは全部これ。すっかり手になじんで「自分のもの」になっているから、どうしても出番が多くなります。

この「なじむ」という感覚が、私にとってはとても大事なのです。

買ったものを大切に使えるかどうかは、なじめるかどうかで決まると私は思っています。だから、ものを買うときには値段だけにとらわれるのではなく、「長くつきあっていけるかどうか」を自分に問いかける。夫も私も、これを基準に身のまわりに置くものを選んできました。

放っておくと家の中には雑多なものが次々に入ってきます。食器にしても万年筆にしても、不本意なものをがまんしながら使うというのは気持ちのよいものではありません。

少々値は張っても長くつきあえるものを選ぶ。これは、ものをできるだけ持たないための工夫であり、気持ちよく毎日を送る秘訣《ひけつ》でもあり、そして結果的には経済的でもあると思うのです。

そうやって吟味《ぎんみ》して選んだものの多くが、数十年を経てなおわが家で現役で活躍しているわけで、五十年モノのくだものナイフも、すっかりなじみの品の一員となっているというわけなのです。

最近は自炊をする人が減ったせいか、包丁《ほうちょう》がうまく使えない人が多いようです。わが家で月に一回、「むれの会」というものを開いているのですが、あるときリンゴを五つぐらい持ってきてくださった方がいて、「デザートにみんなでいただきましょう」ということになりました。ところがその方、五つのリンゴをむくのになかなか台所から戻ってきません。

「どうしよう、手伝いにいこうか」なんていうのですが、それも悪いかなと思ったり。ようやく出てきたと思ったら、皮はぐちゃぐちゃ、実はデコボコになっていたなんてこともありました。

ある人は、一生懸命に包丁を押しながら野菜やお肉を切っているのです。引っかかって切れないから、ぐいぐいと押して切り離そうとしている。包丁の場合、押して切るなんてことはそんなにしませんでしょう。だから、「ちょっと引いてごらんなさい」と私がいったら、すっと切れて大笑いをしました。

包丁には一種の「使い方」があるわけです。

そういう生活の基礎的なことだけは、若いときにきちんと身につけておいたほうが得ですね。

そういえば先日、「いまでも包丁は全部自分で研いでいます」と取材に来た方に話したら、とても驚かれました。

その反応に私が驚いてしまった。だってトントンと切ったあと、お漬けものが全部つながっていたなんて、いやではないですか。

よけいなストレスをつくらないためにも、刃物類はすべてこまめに研いでいます。

## 野菜の切れ端も楽しみに変身

三つ葉、セリ、春菊といった「葉物」を買うときは、できるだけ根つきのものを選んで、切り落とした根の部分を庭のすみに植えます。

「ダメになってもともと、芽を出してくれればうれしい」というくらいの気楽なものですが、なかにはスクスクと生長してくれるものもあり、ひとり暮らしの汁の青みくらい、それでけっこう間に合ってしまいます。

私が家庭菜園を始めたのは、離れに住んでいた姑が亡くなったあと、いまから三十年以上前です。

姑が使っていた部屋を取り壊したあとの地面をどうしようかと思ったとき、姑は植物が好きでしたから何か植えようと思い、食いしん坊の私は野菜を育てることにしました。

現在はミントも庭先に勝手に出ていますし、セリ、ミョウガ、サラダ菜、サニーレタスなど、摘《つ》んですぐに料理に使える葉野菜やハーブがあちこちで元気に伸びています。

掃き寄せた落ち葉に、お米屋さんでもらった米ぬかを混ぜてつくる堆肥《たいひ》のおかげでしょうか、わが庭はなかなかよい土のようです。

それとは別に、小さな畑ではキュウリやミニトマト、ブロッコリーなどの野菜を、プランターではコシヒカリを育てています。

自宅の庭で米づくりなんて、ちょっと珍《めずら》しいでしょう。専用の土を整えて苗を植えてくれるのは、昔からつきあいのある新潟出身の大工さん。じつは私、お米の花を見たくて稲をつくりはじめたのです。ある日、私はお米を食べているけれどお米の花を見たことがない、そう気づいてびっくりしたのが始まりです。

私がはじめて畑というものをつくったのは戦時中でした。

当時は、たとえば野菜なら、一週間にひとり分として大根五センチしか配給がありません。ヤミでものを買うというのはたいへんな出費でしたから、確保できる食料は自分の手で少しでもつくりだす必要があったのです。

そこで私は近くの農家のおじさんに頼みこんで、見よう見まねで野菜を育てました。つまり生きるための畑づくりであり、いまの若い人が想像もつかないような切迫感の中で野菜を育てていたわけです。いまでも「命とつながるものを育てたい」と思うのは、これが原体験になっているのでしょう。

この食糧難の時代を生きたことは、私を強くしてくれました。災害などが起きても、土に生《は》えているものを食べれば一週間ぐらいは生き延びられるでしょう。戦争を経験した私たちくらいの年齢のものは、食べられる植物とそうでないものの見分けはだいたいつきますから。

わが家は台所にも植物がたくさん並んでいます。大根やニンジンは食べ残しを葉の出るほうを上に、少々水を張った器につけておくのです。

そうすると、とても美しい緑の芽が出てきます。見るだけでも元気をもらえますし、葉の部分にも栄養がありますから、刻《きざ》んで炒《いた》めたりもします。

また、野菜として買った菜の花の一、二本をコップにさしたり、庭の片すみにつくっている葉野菜の中から、トウの立ってきたものを根ごと抜いて花びんにさして窓辺に飾れば、空間がぱっと華《はな》やぎます。

台所仕事をしながら、ときどきこんないたずらをするのも楽しみで、いろいろな野菜の切れ端《はし》が第二の生を歩みながら、私の目や舌を喜ばせてくれるのです。

# 「食べ友だち」との気兼ねない時間

家族を見送ってからの私は、これも亡くなった夫からの贈りものと、ひとりの時間を存分に楽しんでいますが、ふと「誰かと一緒に食事をしたい」と思うことがあります。それは、おいしいものが手に入ったときや、鍋《なべ》ものを食べたいなと思うとき。ひとりよりは何人かで食卓を囲みたいのです。

それは人を招くとかといったことではなく、ただおいしいものを気のおけない人たちと食べたい、という気持ちなのですが、それがすぐに通じる「食べ友だち」がいることに私は感謝しています。

そんな食べ友だちのひとりが作家の高見澤《たかみざわ》たか子さん。高見澤さんとのつきあいは、彼女が高校生のときからだから、かれこれ六十年にもなります。

最初に知りあったのは夫のほうで、高校生による座談会で夫が司会をつとめ、彼女は座談会のメンバーのひとりでした。その秀才ぶりに驚いた夫は、すぐに名刺を渡して交流が始まったと聞いています。

以来、年じゅうわが家に遊びに来るようになり、泊まりがけで来た翌朝、私がつくったお弁当を持って登校したこともあります。

もはや家族に近い存在で、年齢は離れていますが気心が知れた仲なので、一緒にいてとても楽なのです。


今年の元日は、高見澤さんと新宿のヒルトン東京で過ごしました。

ここは甥《おい》が勤めていたホテルなので慣れており、知っている方もいるので、気が張ることもありません。

高見澤さんもご主人を見送ってひとりになったので、「お正月、面倒くさいからホテルに行って食べようか」という話になったのです。

久しぶりに行ったらホテルはだいぶ様変わりしていて、レストランを探すのもひと苦労でしたが、お茶を飲んだりご飯を食べたり、アイスクリームをオーダーしたりと、女ふたりで気ままにお正月を楽しみました。

そして翌日は、高見澤さんのお宅ですき焼きをごちそうになりました。ひとりだとなかなか、すき焼きをしようという気にならないでしょう。それをわかっているから、高見澤さんはいつも黙ってそれをつくってくれるのです。

じつは姑と夫を続けて見送ったあと、半年ほど私は料理をほとんどしませんでした。家族のいなくなった食卓に、あれこれと味の取りあわせを考えて何品もつくって並べるということが、面倒になってしまったのです。

ですから外食ですませたり、近所に住んでいた妹のところで食べさせてもらったりしていましたが、なかでもよくお世話になったのが高見澤さんのお宅。牛肉持参で「お鍋、食べさせて」などと押しかけては、ずいぶんごちそうになったものです。

私は、人とあまり深いつきあいはしていません。とくに最近は、体力のことも考えて、自分から積極的に人に連絡を取ったり、つきあいの会合などに出るのも控えるようにしてきました。

けれども、食べ友だちとのネットワークは健在で、おいしいものを気兼《きが》ねなく一緒に楽しめる女友だちのおかげで、お正月もしあわせに迎えることができたわけです。

# 第二章　私と家族の歴史が刻まれた家

# 築五十五年の「鉄筋プレハブ住宅」第一号

「これからは家が買いものになるのか」

ドイツやアメリカに続いて、日本にもプレハブ住宅というものが出はじめた一九六〇年頃、私は東京・晴海《はるみ》あたりの展示場にそれを見にいき、一種の衝撃を覚えました。それまで、家屋というのは何ヵ月もかけて更地《さらち》に一から組みあげていくものでした。ところがプレハブ住宅はご存じのとおり、すでにできているパーツをトラックで運びこんで現場で組み立てるというもの。「家を建てる」というよりは「家を買ってくる」という感覚です。

従来の家づくりの概念をくつがえす発想が私にはとても新鮮に映り、同時に「これからの庶民住宅はプレハブになるに違いない」と予想しました。そしてほとんど衝動的に、私は軽量鉄骨造りの積水《せきすい》ハウス「鉄筋プレハブ住宅」第一号を購入。いまなお住んでいます。

当時は軽量鉄骨を使ったプレハブ住宅など、世間的にはまったく信用がなかったので、まわりからは「台風が来たら飛ぶよ」などといわれ、また「プレハブに住んでいる人の生活を見てみたい」と、建築家の黒川紀章《くろかわきしょう》さんがわが家を訪ねてこられました。「どうしてプレハブを買ったの？」そう質問する黒川さんに、「これからは住宅が買いものになるならおもしろいから、ちょっと買ってみようと思って。でも、いつどうなるかわからないし、ほんの買いものです」と私。そうしたら黒川さんが笑いだしてしまって、「いうことないや」といって帰っていかれました。おもしろい方でしたね、あの方も。

なぜ私は、プレハブが庶民住宅の主流になると予想したか。それは、高度経済成長期に入った一九六〇年頃といえば人手が企業にどんどん取られ、個人の家の小さな修理を引き受けてくれる職人さんがいなくなってきた時期。プレハブが普及すれば修理会社も当然でき、家屋のアフターサービスもうまくいくのではないかと単純に考えたからです。

それも見越して買ったのですが、修理会社なんていっこうにできない。屋根が漏《も》ってもなかなか修理に来てくれない。そうしたら、たまたま積水ハウスの社長さんと仕事で対談する機会があり、「プレハブ住宅って雨が漏るんですね」といったら、「どうしてですか」とおっしゃるので、「うち、漏ってるんですけど、来てくれないんです」と告《つ》げたのです。そうしたら次の日に修理の方が来てくださいました。

半世紀以上前に、百四十六万円で買った十九坪のプレハブ住宅。周囲の予測に反して、いまなおびくともしません。それどころか、東日本大震災ではわが家の思わぬ底力を見せつけられました。地震が発生した当日、たまたま外出していた私は出先から帰ることができず、渋谷区松濤《しょうとう》にある友人宅に泊めてもらったのです。

翌日帰宅して、自宅がどんなふうになっているかと思ったら、なんともなかった。泊めていただいた家ではいろいろなものが床に落ち、ガラスが割れたりして嘆いていましたが、うちはものひとつ落ちていなかったのです。

これには驚きました。おそるべし、プレハブ住宅です。

# 住み心地のいい家を探しつづけて

マントルピースのある洋間、離れの書斎、客座敷、茶の間、家族めいめいの部屋と夫婦の寝室……。貧乏育ちの私にはかえって落ち着けないような立派な邸宅が、私たち夫婦が最初に暮らした家でした。

両親を亡くしてひとりで暮らしていた病身の青年が、一緒に住まないかといってくれたので、住まいを探していた私たちは喜んでそこに落ち着いたのです。

敗戦後まもない一九五一年、住む場所もままならない人が大勢いる中で贅沢《ぜいたく》すぎる境遇でしたが、二年ほど経つと私はつくづく自分はその家に住めない人間であることがわかりました。

掃除とその他の家事にほとんどの時間を奪われていく日々が、私にはただ流されていくようで、次第に息苦しくなってきたのです。また、他人の財産であるその住居で、乱暴な住み方は許されないという気持ちも重荷になりました。

相談の結果、青年はその家を売って小さな家を建て、残りのお金で質素《しっそ》に暮らすことに。私たちはご近所にお住まいの、夫の先生ご夫婦のご好意で、すぐ隣の家の土地を拝借《はいしゃく》する話がつき、当座をしのぐ十二坪の掘っ立て小屋を三週間で建ててもらいました。

しかし、板の間にじゅうたんも敷《し》けず、カーテンも間に合わず、リンゴ箱をつなげてベッド代わりにしたワンルームの小さな家に、大人ふたりがそう長く住めるわけもなく、私たちは夢中で働いて第二段階の計画を立てました。

夫婦ともども仕事を持った生活者が最小限の家事をして、居心地よく家を整えていくための住まいを形にしてほしい。そんな私の希望をかなえてくれたのは、建築家の浜口《はまぐち》ミホさんでした。

『日本住宅の封建性』(一九四九年刊　相模書房)という彼女の本を読んで感動した私は、この人にこそ私たちの住まいを考えてもらいたいと思い、いきなり相談をもちかけたのです。

掘っ立て小屋はそのままに、予算ギリギリでつくってもらった十二坪のワンルームと八坪の書庫という、浜口さんいわく「超ローコストハウス」は、働き盛りの夫婦にとって本当に便利で居心地がよかった。収納は最小限で畳《たたみ》の部屋もなし。

しかし、疲れればベッドに引っくり返り、仕事をするだけでよかった生活から、そろそろ休息の時間も必要になった頃、ゆったり座るソファや訪ねてきてくれる人とくつろいで話せる場所もほしくなりました。

それで、あんまりひどかった掘っ立て小屋をつぶして、そこにプレハブを建てたのです。

私たちだけにしか合わない暮らし方を形にしたため、「この家は売れない覚悟で」といわれた浜口さん設計の家は、いまでもわが家の敷地内にあり、プレハブ住宅で暮らしながら倉庫のような形で活用しています。

# 窓だけはこだわって

築五十五年の家に住んでいると、あちこちが傷んでたいへんだと思うかもしれませんが、メンテナンスにはほとんどお金がかかっていません。

ちょっと珍《めずら》しいアルミの屋根は、雨音が煩《わずら》わしいのでスレートと呼ばれる石質の薄い板状の屋根材をかけていますが、五十五年間一度も葺《ふ》き替えていない。ただし、最近はそれが少しはがれてきているらしく、向かいの方が「ご自分の家だから見えないでしょうけど、おたくの屋根めくれてますよ」なんて教えてくれました。

外壁のパネルも五十五年間放りっぱなし。あまりにも汚《きたな》くなったらペンキを上塗《うわぬ》りする程度です。水まわりも何でもなく、床だけ昔から仲よしの大工さんにお願いして、プラスチックのタイルからフローリングに張り替えました。

その大工さん、最近は「うちのおふくろがこういうのをつくれといったから、先生にも持ってきたよ」と、玄関の上がり口に竹の板のようなものを渡してくれ、「こうすると、段差を気にせずに玄関に降りられるから便利でしょ」などと、とてもよくしてくれるのです。

「もちろん台所は使い勝手がいいようにリフォームされたんでしょう?」

みなさんそう思うようですが、私は家事評論家として一汁一菜《いちじゅういっさい》といった家庭料理の紹介をするうえで、ごく普通の台所でできないお料理を出してはいけないと思ったのです。

ある料理学校の先生は、あまりきれいな台所だと、おいしい料理はできないといっていました。汚《よご》すのをためらってしまうからだそうです。

ですからうちは、なんでもないごく一般的な台所。家族と暮らしていたときに使っていた食洗機なども処分して、いまはさらにシンプルになった空間でひとり分の料理を楽しんでいます。

プレハブ住宅を購入するうえで、私はひとつだけこだわったことがありました。それは、窓だけはきちんと開けてもらいたいということ。とくに台所には絶対に窓がほしかった。

一時期は料理を仕事にしつつ、家庭では夫と姑《しゅうとめ》のために毎日食事をつくっていました。しかし、私にとって台所に立つことは少しも苦ではなかったのです。

とくに自分がつくった料理に対して家族が「おいしい」といってくれると、また「おいしい」といわせたくてはりきってしまう。いきおい台所にいる時間は長かったし、一日じゅう台所で過ごすこともありました。

よって台所には、北と東に窓がとってあります。さらにわが家は傾斜地を削《けず》って建てた家なので、台所の窓の前には椿《つばき》や笹などがびっしり生《は》えている。窓を開けるとちょうどそれらが視界に飛びこむのです。

また、東の窓を開けると風がスーッと入ってきて、夏でもよほど暑くならない限りは扇風機程度で快適に過ごすことができます。

また、あるときは部屋の仕切りを全部取っ払ってしまいました。プレハブというのはチマチマと区切ってあるでしょう。みんな間数がほしいわけだから。でも、私はあけっぴろげが好きだから、ワンルームみたいにしてしまった。それでよけいに風通しがよくなったのです。

ある夏の日、わが家を訪ねてきた友人が、家じゅう開けっ放しで夜風を楽しんでいる私を見ていいました。

「いいわねぇ、自然に近い暮らしは」

聞くと彼女が住む都心のマンションでは、騒音とほこりがひどいためほぼ一年じゅう窓は閉め切り、冷暖房と空気清浄機が欠かせないといいます。

私の唯一《ゆいいつ》のぜいたくともいえるのが、家のどこにいても緑を眺《なが》めることができ、しっかりとった窓が自然の風を運んできてくれること。これだけは、何にも代えがたい財産だと思っています。

## バリアフリーは必要ない

家のリフォームといえば、甥《おい》から何度となく「ちょっとした段差があぶないから、バリアフリーにしたら」といわれています。

わが家は平屋なので、まず階段という問題はありません。それ以外の家の中の段差についても、人がいうほど私は気にならない。だって長く暮らしていれば、どこがどうなっているかだいたいわかっていますから。

逆に少しくらいデコボコがあったほうが気をつけるので、「絶対に必要ない」と私はいいはっているのです。

「高齢社会をよくする女性の会」の代表をつとめる樋口恵子《ひぐちけいこ》さんが、足を悪くして車椅子を使っていたとき、こんなことをいっておられました。

「つくづく日本は階段社会だ」「どこへ行っても上がったり下がったりだ」と。

いわれてみればたしかにそのとおり。だから私は甥にこういうのです。「外へ出ればバリアだらけなのに、家の中だけバリアフリーにしたってしょうがないじゃない」と。

もちろん、転んだらおしまいの世界を生きているわけですから、常《つね》に一定の緊張はあります。

けれども、楽すぎる状態をつくってはいけないとも思っています。段差や障害物があるからこそ注意して行動するようになりますし、からだは甘やかすとどんどん退化しますから。

この考え方は、いまに始まったことではなく、私はだいぶ前から一見便利なもの、合理的とされるものに、ある種の警戒心を持っていました。

たとえば一九五五〜六〇年頃、家の中はできるだけ動線を短くして、家事を合理化せよということが叫ばれていました。でも私は、それに対して素直に賛成できない気持ちでいたのです。

そんなにすべてをコンパクトにしなくても、少し遠まわりをするくらいのほうが、家事を通してからだを動かすから、健康的ではないかと思ったからです。

それでわが家の台所は、何か道具を取るときに、ものによっては作業台をぐるりと半周しなくてはなりません。動きが「最短距離」にならないようにつくられているからです。

人によってはそれを煩わしいと感じるかもしれませんが、私はむしろ料理をしながら運動もできて、合理的だと感じています。

## 家を建て替えるタイミング

夫が亡くなってひとり暮らしになったとき、もちろん小さく住もうと思いました。しかし、死後の事務手続きに追われ、そのうちに自分の仕事が忙しくなってしまった。また、いまの住まいは便利で居心地もいいし、とくに不自由もないので、「このままでいいのかな？」と思いつつ、腰を据《す》えて今後のことを考えるということをしなかったというのも正直なところです。

いま思えば、家族で暮らした家を取り壊して、自分らしい小さな家に建て替えればよかった。もう仕事上の気張る来客もありませんし、自分ひとりの生活なら、シンプルで自分らしく暮らせるワンルームがいちばんであろうと思うのです。

これだけは、私の人生における失敗です。

ちょうど私が夫を亡くした頃、高峰秀子《たかみねひでこ》さんが、不要となった三つの応接間を取り払って、小さな住まいに改造したというのが話題となり、近くに住む谷川俊太郎さんが、「あれは一見識だよね」などと話をしていたのを思い出します。

実際に、年をとってから広さのある一軒家にひとりで住むというのはたいへんなことです。

建物のメンテナンスや戸や水まわりの修理、庭の手入れまで、全部を管理するのはなかなかむずかしい。いまの私にはいろいろなものが重くて持てませんから、どうしたって人の手を借りなければなりません。

五十五年間狂わなかった家だって、もう限界が来ているでしょうからいつどうなるかわからない。自らの経験からも、六十歳をすぎて家の建て替えの計画がある方は、なるべく早く着手することをおすすめします。

子どもたちが結婚して家を出ていき、夫婦水入らずの生活が始まった姪《めい》は、それまで家族で暮らしていた一軒家を整理して、アパートに建て替えました。

自分たちは二階の一室に住み、ほかは人に貸しているようですが、姪は毎週のようにうちに来てはグチるのです。

「食堂なんか広々としてたのに、いまは狭くて椅子から立ちあがろうとするとつかえちゃうのよ」などと。

「自分で決めたんだから仕方がないでしょう」と私はいうのですが、住まいが小さくなれば、それなりの不都合も出てくるでしょう。

また、二階に住んでいれば将来は階段が困ると思うのです。すでに「足がそろそろ変だ」なんていっていますから。

それを考えると、ひとりで暮らすにはこんな間取りは必要ないと思えるわが家ですが、住んでしまえば窮屈《きゅうくつ》さがないという点では気楽です。

# 庭の手入れ、わが家の場合

家を管理するうえで、人に頼めるものは必要経費と割り切ってお任《まか》せすることにしています。

ドアが閉まりにくいだの、風呂場の「すのこ」を新しくしたいといった家の中のことは、すべて昔からつきあいのある大工さんにお願いします。

東日本大震災以来は東北のお仕事が多いようで、最近はなかなか手があかないようですが、忙しい工務店の経営者に、こまごまとしたことまで頼んでいます。

庭の手入れをよくしてくれるのは甥。

本人はマンション住まいなのですが、庭仕事が好きなようで、柵《さく》をつくったり植物の種を植えたりと、楽しみながら作業をしているようです。

私はすごく荒っぽいものだから、種なんかパーッと目茶苦茶にまくのですが、甥はひとつずつきれいに土に入れていくタイプ。先日「几帳面《きちょうめん》すぎる」とバカにしたら、怒られてしまいました。

そのかわり甥は、自分の好きなものしかつくりません。この間は、ホップなんて植えているから、「何にするの？」と聞いたら、「お茶にするとおいしいよ、ホップは」などといっていました。

ビールの原料として知られるホップですが、葉の部分はハーブティとして利用されているようです。そのあたりは完全に甥の趣味なので、「あらそうなの」と好きにやらせています。

庭といえば、ばかにできないのが木の手入れ。

わが家には杉並区の保護樹木になっている大きな赤松があるのですが、どんどん屋根にかぶさってきて家の上に倒れやしないかと心配でならない。区から年間八千円の補助金が出るのですが、あるとき庭師さんに入ってもらったら、三日がかりで二十五万円もかかってしまいました。

それで最近は、甥がインターネットで庭をきれいにしてくれる人を探してくれています。

現在わが家に来ている人は、獨協《どっきょう》大学出身の方で、学校を出て企業に就職したものの、自分には会社勤めは向かないと、修業をして植木屋さんになったのだそうです。いわゆる「脱サラ」です。いまはそういう人が多くなりました。


昔の庭師さんは、作業中に聞きたいことがあるとすぐに、「ダンナに確認してくれ」というのです。

「庭を見ているのは私なんだから、こっちに聞いて。うちのダンナはわからないから」といっても、私には決して尋《たず》ねない。そういう時代でしたし、職人さんは頑固《がんこ》な人が多かったものです。

まあ、時代も変わったのでしょう。いまお願いしている方は、四十歳になるかならないかの若い方で、弟子もとらずにひとりで黙々と作業をします。だから本当に安くやってくれて助かっているのです。

そのかわり、細かいことを私に聞くわけでもなく、雑草などは機械でガーッと刈り取ってしまう。気づくと大事にしていた草花が姿を消していたなんてこともあります。

先日もうちに来た若い人が庭から戻ってきて、「タマスダレいただいて帰ろうかと思ったら、ないんですけど」というから、「どうかなっちゃったらしいわよ」と返事をしておきました。

福寿草《ふくじゅそう》や都忘れ、タマスダレなど、うちの庭には毎年必ず出てくる植物があり、そのおすそ分けを楽しみにしている人もいます。けれども、もとはといえば人からもらってきた苗を庭に植えてみたようなものばかり。未練《みれん》がないといえば嘘《うそ》になりますが、それよりもスッキリしているほうがいいやと思って、私はあまり気にしないことにしています。

自分で庭の手入れをするなら、時間をかけて一生懸命にできるけれど、時間と予算の制約がある中で人に頼むというのであれば、何かを諦《あきら》めなければなりません。

# 植物とともに暮らす日々は発見の連続

秋になると朝な夕なに庭にある柿の木に鳥が来て、実をつついています。また、そろそろあの花が咲く頃だと、親しい人の訪れでも待つような気持ちで庭に出て、その場所に思ったとおりに花が咲いたりすると、本当にうれしいものです。

かつてわが家の庭には栗《くり》や八重桜《やえざくら》の木もあり、六分か七分咲きの桜の花をはしごをかけて摘《つ》みとり、塩と白梅酢をかけて重石《おもし》をのせ、十日ほど漬けたら日に干して、もう一度塩をまぶして貯《たくわ》えておいたものです。

結婚話が決まったことを報告に見えた若いお二人に桜湯として出して喜ばれたり、急な来客にお寿司をとったとき、おすまし代わりに使ったりと「桜の塩漬け」はなかなか重宝《ちょうほう》したものです。

けれども、桜は花が散ったあとにあまりに毛虫がつくので、その時期は木の下を通るのに大きな蛇《じゃ》の目《め》傘《がさ》をささなければ恐ろしかった。そしてとうとう、あまりの怖さに二本あった桜の木を切ってしまいました。

けれども、桜の季節の花を見ることに不自由はありません。

この木なら百年以上はたっているのではないかと、誰もが見あげる立派な山桜の大木がお隣の庭にあったからです。でも、その桜も枯れて今はありません。

かつてはお隣の桜のあとに、うちの八重が咲きました。お隣の桜は、咲いているときよりも花吹雪のときがなんとも美しい。花の散る頃になると、「ご迷惑でしょうに」と奥さまからあいさつを受けました。こちらもけっこう楽しませていただいていたのです。


この地に居を構えて六十余年。長い歳月の間に姿を消した木や草もあれば、植えた覚えもないのに大木になったもの、はびこり放題の草たちなどとめどなく変化をくり返しています。

そして、ほんのささやかな庭ながら、そこに生きている自然の姿はときに見ているのが息苦しくなるほど、それぞれが生きる場を競《きそ》いあっているのがわかるのです。

やはり土のある生活というのは、すごく刺激的で楽しいもの。目をつぶっていてもあそこには柿がなっている、ここにはネギがあるとわかり、三つ葉、セリ、ニラなど、食べたいときに取りにいける庭は大切な暮らしの場の一部。

そして、懸命に生きている植物たちとの別れがいやで、本来ならばもう限界がきているいる古い家を、捨て切れずにいるというのも本音《ほんね》なのです。

# 土地を持たない気楽さもある

わが家の敷地は、もともとはお隣さんの庭でした。その一部を貸してもらうことになりました。

さらにいえば、私が住むあたりの一帯は近くの寺院の持ちもので、檀家《だんか》の許可なく売ることができなかったようです。つまり、私の家が建っている土地は、生粋《きっすい》の「借地」というわけです。

ちなみに、地代は年間で百万円近くになり、私はそれを半年分ずつ支払っています。五十五年前に百四十六万円で買った家に対して、地代を年間百万円払っているというのは、物価の上昇を加味してもなんとも複雑な気持ちですが、これればかりはしょうがないこと。

また、日本で国民年金制度がスタートしたのは一九六一年。私が四十三歳のときです。したがって加入期間が短いですから、現在受け取っている額は年間六十万円ほど。

年金だけでは地代もまかなえません。だから、せいぜい働かなければならないというわけです。

借地の場合、たしかに地代の負担はばかになりません。しかし一方で、土地を持たない気楽さというものがあります。

私の場合、家族はみんな逝《い》ってしまい、残されたのは自分ひとり。後を継《つ》ぐ子どももいませんから、土地だけが残っても困ると思うのです。

蔵書《ぞうしょ》は受け入れ先が決まっているのでそこへ引きとってもらい、私がいなくなったら家はつぶしてくれと甥に頼んであります。

つぶした家を撤去してしまえば、土地はもともと借りものだから戻せばいいだけ。売ったり貸したりする必要がないので、そういう意味では気が楽なのです。

## ご近所に助けられながら

この地で長年暮らしてきて思うのは、住み心地としては家そのものよりも周囲の環境に恵まれているということ。

「あれ、いま何か通ったな」と思ったら、タヌキが親子で来ていたり。目まぐるしく開発が進む東京二十三区内にありながら、わが家のある一帯は時が止まったかのように昔からずっと変わらないのです。

はじめて自分の家を持つことになったとき、とてもワクワクしたのを覚えています。戦時中は何をするにも天皇陛下のため、お国のためでした。けれども、これからは自分のために生活を愛し、毎日を楽しんでいいわけです。

いまでは当たり前のようになっていますが、当時はそれが許されなかった。だから私は、ものすごくうれしくなってしまったのです。

そうはいっても何も買えない時代ですから、お菓子の空き箱に仕切り板をくっつけて調味料の棚をつくってみたり、ボール紙とガラス板で額縁《がくぶち》をつくって、画集から切り抜いた絵を飾ってみたり。

ものがないゆえに私が思いにまかせてつくった小物がよほど珍しかったのか、夫のところに毎晩のようにお酒を飲みに集まる編集者たちが、「あれはどこで手に入れたの？」などと聞くので、「箱を引っくり返してつくったの」というと、「それ書いてよ」という。酒のアテをつくって出せば「これ、おいしいけど、どうやってつくるの？」と聞かれて教えると、「それをうちで紹介してくれませんか」といわれる。

こうして私は新聞や雑誌に、暮らしの知恵やお惣菜《そうざい》のヒントについて書くようになったのです。

「肩書がいるんだけど」という話になったとき、「ずっと仕事をしてきたし、主婦はいやだな」といったら、「じゃあ家事評論家にしよう」と、親しくしていた女性記者が考えてくれました。ハウツーを紹介しているだけで、何も評論はしていないんですけどね。

とにかくたくさんの思い出が詰まったこの場所で、私はご近所の方たちに助けられながら今日までしあわせに暮らしてきました。そして、年を重ねるほどにそのありがたさをかみしめているのです。

年寄りのひとり暮らしに、近所づきあいは欠かせません。ご近所の方に迷惑をかけないようがんばっているつもりでも、年寄りの身には何が起こるかわからないからです。そんなときに頼れるのは、やはり近くに住む方々です。

あるとき、「お庭の花がきれいですね」とご近所の方から声をかけられました。うちは平屋ですが、まわりは二階屋のお宅ばかりで、どうやら二階からうちの庭が見えるらしいのです。

これを、のぞかれていると感じる人もいるかもしれませんが、私はみなさんに見守られているようで安心するのです。

年をとると心を閉《と》ざしてしまう人も少なくないようですが、こういったご近所の方とのささやかなコミュニケーションが心にぬくもりを与え、社会に目を向けることにもつながるような気がします。

# 第三章　いまの私の一日の過ごし方

# 堂々と朝寝坊も

年をとると朝早く目覚めるなどといいますから、私の場合、年齢のわりに起きるのは遅いかもしれません。

八時頃に目を覚まし、ＮＨＫの連続ドラマを時計がわりにつけて、今日の予定を考えたりして、起きあがるのは八時半頃というのが習慣になっています。

家族がいた頃は休日も関係なく、早く起きて朝食の支度をしなければなりませんでした。たまに朝寝坊しそうになると、ダメな人間だと自分をどこかで責めていたものです。でも、いまは堂々と八時半まで寝ますし、ときには九時頃までうとうとしていることもあります。

ちょっと早く目覚めた夏の朝などは、窓を開けて外の空気を入れながら、もう一度寝なおしたり。この「二度寝」がまた気持ちいいのです。

ただし、ゴミの日は例外。集積所に七時半までに出してくださいと書かれているので、その日は七時すぎに大あわてで起きだして簡単に身づくろいをすませ、ゴミ袋を抱えて外に飛びだします。

そうすると、やはりゴミを出しにきたご近所の方と会って、「おはようございます。だいぶ暑くなってきましたね」などと立ち話をしたり、カラスよけのネットを若い人がひょいとあげてくれてお礼をいったり……。

朝起きたら、まず雨戸を開けます。これは、自分のためでもあり、ご近所へのメッセージでもあります。

ひとり暮らしの私をみなさんいつも気にかけてくださっているので、家じゅうの雨戸を開けることで、「今日も元気です」とお知らせします。

そして、外のポストに新聞を取りにいきがてら門も開けます。ここが閉まっていると、「吉沢さん、今日はどうしたのかしら」と近所の方が心配しますし、速達や宅配便が届いたときに、玄関まで来ていただくことができません。

私が購読しているのは、朝日、毎日、読売の三紙。新聞だけならまだしも、中に折り込みチラシがたくさん入っているでしょう。これがずしりとくるから、とくに雨の日など、傘《かさ》をさしながらではとてもじゃないけど持ちきれません。無理をして家の前で転倒なんてばからしいので、ここは面倒でも二往復します。

もっとも、三紙すべてに目を通せないこともありますから、忙しい日は夜にゆっくり読んだり、疲れていればさっと引っくり返して、必要なところだけを抜きとっておしまいということも。

かつては雑誌や新聞の積みあげ方ひとつにしても、「美意識のないやつだ」と年じゅう夫にいわれて腹が立っていました。くたくたで帰ってくると、とてもそんなことはできないのに。でもこのごろは、ひとりだからいいやなんて、わざとその辺に放って寝てしまうのです。

そんな調子ですから、夜に散らかした新聞を片づけたり、届いた荷物を片づけたり、軽く掃除をしたり、ときには朝風呂に入ったりすると十時頃になってしまいます。

ちなみに床掃除は、小型のスタンド式掃除機を寝室と書斎に一台ずつ置き、時間のあるときにさっとかけます。

そうしてようやく、朝ごはんが始まるというわけです。

## 朝ごはんにほうれん草のソテーや牛乳がゆ

夫、姑《しゅうとめ》と三人で暮らしていたときは、朝食が家族全員が集まる唯一《ゆいいつ》の時間でした。イギリス大好きの姑は「朝ごはんはしっかり」という考えの持ち主。また、女子栄養大学創始者の香川綾《かがわあや》先生からも、朝食はきちんととるようにと若い頃に教わりましたので、いまでも朝は自分が食べる分をきちんとつくっています。

そうはいっても手の込んだものではなく、基本はパンと紅茶といった簡単なもの。パンは紀ノ国屋のイギリスパンや、冷凍しておいた友人手づくりのものなど。そこに自分でこしらえたジャムをつけたりします。

私はいただいたイチゴなどが傷みかけると、あわてて砂糖を加えて煮てしまうのです。そうすると、おいしいジャムとしていただけますから。

紅茶は昔から大好きで、ダージリンの新茶が出たら求めたり、贈りものとしていただいたりで、常時七〜八種類は揃《そろ》っているので、その日の気分で選びます。

これらをベースに、ニンジンのポタージュや卵料理などを添えることもあります。なかでもお気に入りは「ほうれん草のソテー目玉焼きのせ」。

これは吉田茂《よしだしげる》元首相の大好物だったそうです。かつて専属のコックをされていた方の聞き書きをしたとき、「これがお好きでした」というから家でつくってみたら、たしかにおいしいではないですか。しかも簡単なのです。

ほうれん草をさっと湯がいて細かく刻《きざ》み、バターでソテーして塩コショウをします。それをお皿に盛り、半熟の目玉焼きをのせたら、黄身をつぶしながらソース代わりにして食べる。薄切りの食パンを二枚トーストして、サンドイッチにするのも楽しいのです。

冷蔵庫に前日のご飯が残っていたり、牛乳を使い切りたいときは「牛乳がゆ」の出番。

前出の香川先生は、米寿《べいじゅ》を過ぎても髪は黒々とし、新聞も眼鏡なしで読まれたとか。いつお目にかかってもお元気でニコニコされていて、栄養学を身をもって実践されているのだと思ったものです。

先生が朝は牛乳がゆをつくって召《め》しあがっていたと聞いて、私も真似《まね》をしているというわけです。私の場合は、牛乳がゆというよりも、牛乳雑炊《ぞうすい》というほうがあたっているかもしれません。

まず、鍋《なべ》にお湯を入れて白飯をやわらかく煮て、そこにたっぷりの牛乳と好みの具材を加えます。具材はふかしたサツマイモやほうれん草、わかめ、ネギなど、冷蔵庫にあるものを好きなように刻んで入れればいい。最後にとき卵を落とし、塩で味をととのえれば完成です。

お茶碗《ちゃわん》によそって三つ葉やセリなどの青みをのせれば、これだけで栄養のバランスがとれますし、とくに冬はフーフーいいながら食べるおかゆがおいしく、からだも温《あたた》まります。

簡単だけど、楽しくてからだが喜ぶ。そんな毎日の朝ごはんが、私の健康のもとになっているのかもしれません。

# 平坦になりがちな生活にリズムをつける

朝食が十時ですから、お昼は抜きです。夫と暮らしていたときからずっとそうでした。夫は毎晩、お酒を飲むでしょう。おなかが空《す》いていないと酒がうまくないといって、昼食を食べなかったりしたので、なんとなくそれにつきあってしまって。また、仕事の集中力を途切れさせないという意味でも、昼食抜きが習慣になっています。

小腹が空いたらお客さまにお出ししたおまんじゅうを一緒に食べたり、くだものやマドレーヌ、おせんべいなどをちょこちょことつまんだりしますが、何十年もこの生活を続けているので、夕食までもたないということはあまりありません。

日中は家事や雑用、仕事などにあてています。

最近は出歩くのも簡単ではないので、仕事は執筆が中心。食事の片づけなど朝の雑事が一段落したらかかります。手紙の返事を書いたり、資料を読んだりするのも、だいたい日中です。もう少し書きたいなと思ったら夕食後に持ち越すこともありますが、基本的に日の高いうちには仕事を終えるようにしています。

なぜならば、夜は際限なく書いてしまうことがあるから。日中だと、「お客さまが見える前に」とか、「日が暮れるまでには」など、区切りがつけられるけど、夜は人が訪ねてくることもなく、ずっと書いていていてもいっこうに構わない。それでつい時間を忘れて夜更《よふ》かししてしまうのです。

新聞や好きな本を読む分にはリラックスできますが、仕事はそうではないから、夜はきちんと休むことにしています。

庭の草取りをしたり、物置のスペースを片づけたり、つくり置き料理をこしらえるといった、ある程度まとまった時間が必要なものは、「今日は書かなくてもいい」という日に。

くだものやお菓子などをいただくことも多いので、来客におすそ分けができるようにそれらを小分けにしたり、執筆のない日はないなりにこまごまとやることがあるのです。

また、甥《おい》や姪《めい》が週に何回か来て、家のことを手伝ってくれます。どんどん溜《た》まる新聞の回収は甥が、そしてシーツを替えたり布団を干したりするときは姪と一緒に。ビンの蓋《ふた》を開けたり、必要な生活用品も買ってきてくれるので、とても助かっています。

ひとりで暮らすいまの生活は、いってみれば何の制約もありません。好きな時間に起きて、おなかが空いたらご飯を食べ、眠くなったら床につけばいい。一日中ゴロゴロしていたって、文句をいう人はいないし、夜中まで何かをしていても誰に迷惑がかかるわけでもない。

そういう意味では限りなく自由な暮らしですが、半面、どこかで自分なりのルールを決めておかないと、どんどん楽なほうへ流されるというむずかしさも秘めています。私は本来、ガチガチとルールを決めて、その中で行動するのはあまり得意ではありません。しかし、何の規制もない楽なだけの生活がしあわせとも思えないのです。

自分の中である程度の決まりをつくり、ゆるさの中にも適度な緊張感を持つ。これが、平坦《へいたん》になりがちなひとりの生活にリズムをつけてくれているように感じます。

# お茶の時間の相棒は加賀の「棒茶」

朝は紅茶のほかにコーヒーや牛乳を飲むことがありますが、日中に飲むのはもっぱら日本茶。寝る寸前まで、年がら年じゅうお茶を飲んでいます。

なかでも最近凝《こ》っているのが石川県名産の「加賀棒茶《かがぼうちゃ》」です。棒茶とはお茶の茎《くき》の部分だけを原料にしたほうじ茶で、きつね色になるまで炒《い》ってつくるのだそうです。だから独特の香ばしさがあって、変な苦《にが》みや渋みは感じない。妙ないい方かもしれませんが、お茶じゃないみたいなのです。口あたりがよくて何にでも合い、カフェインが少ないから夜も気兼《きが》ねなく飲めるというのも気に入っている理由です。

この棒茶を飲むきっかけとなったのは、ご近所からのいただきものです。「金沢にときどき行くのだけど、おいしいお茶があるから」といって、棒茶を買ってきてくださったのです。そうしたら本当においしくて、以来わが家の必需品に。なくなるとすぐにお店に電話をして注文しています。

原稿書きが一段落したときなど、いれたての棒茶を飲みながらぼんやりとテレビを見るのも楽しいひとときです。

特別に好きな番組があるわけではありませんが、「相棒」くらいは見るでしょうか。ああいう刑事ものが割合好きなのです。

スポーツでいえば、フィギュアスケートはきれいだから見ますが、最近はお相撲もあまりおもしろく感じません。昔は気持ちのいい倒し方があったけど、いまは決め技《わざ》があまりないじゃないですか。

一緒に暮らしていた姑はお相撲が好きで、よく「残った、残った」なんてテレビの前でやっていました。

全国のおいしいものを味わうのは、いまや私のライフワークになっていますから、加賀の棒茶に出合ったときも新しい友だちを見つけたようでうれしくなりました。

そして、わが家にいらしたお客さまにも「ちょっと珍《めずら》しいお茶でしょう」などといいながら、お出ししているのです。

# 夕ごはんと夜の時間の楽しみ方

夕食をとるのは六時半頃です。朝の食事はある程度「型」が決まっていますが、夜は日によってさまざま。和食、洋食を問わずつくりますし、和洋折衷《せっちゅう》の献立を考えることもあります。

冷凍庫にはゆがいたほうれん草やマッシュポテト、チャーハン、カレーなどのつくり置きがありますし、たびたび手づくりの惣菜《そうざい》を送ってくれる友人がいるので、食事の準備はさほど手間がかかりません。

友人がおいしいお弁当やお酒を携《たずさ》えて訪ねてきたり、自宅で恒例の勉強会を開いたあと、大人数で宴会になることもしばしば。

新潟のおいしい鮭《さけ》や、小鯛《こだい》・さより・キスなどを使った福井の笹漬けなどが届いたりすると、アツアツのご飯とともに食べたり。

夜は米食が多いですね。ともあれ、目の前にあるものを一生懸命にいただきます。

夕食にときどき食べる好物のひとつが、博多にある料理屋さん「稚加榮《ちかえ》」の辛子明太子《からしめんたいこ》。私は辛《から》いものは弱いほうなのですが、ここのは辛さが控えめなので、送ってもらうと生《なま》でひと腹ぐらい食べてしまいます。

父の出身地である北海道からはたらこが届くのですが、こちらは少々塩が濃い。だから「しらたきのたらこ和《あ》え」や、「たらこサラダ」にしたりと、ひと工夫します。そうすると塩けがやわらいでおいしいのです。

変わったところでは「たらこバター」でしょうか。バターを少しやわらかく溶《と》かした中に、同量のたらこを合わせてペーストをつくります。それをパンに塗《ぬ》って食べたり、パスタの具にしたり。これは谷川徹三先生に教わりました。「おいしいですよ」っておっしゃるからやってみたら、本当に素晴らしくてすぐに気に入りました。

こうして夕食をとったら、もう食べるのはおしまい。

基本的に一日二食で、八時以降はほとんどものを食べません。昔から、夜中におなかをいっぱいにするのはよくないといわれていましたから、それだけは気をつけているつもりなのです。でも、寝しなにどうしてもおなかが空けば食べてしまう。そんなの必死にがまんしたってしょうがないですから。

飲みものに関しては、寝る直前までお茶は飲みますが、夜中はお茶も水もほとんどとりません。飲もうと思ってベッドのそばに水を置いておくのですが、だいたい朝までそのまま。そういう意味では食べるのも飲むのも本当に自然体。からだが欲することですから、それには逆《さか》らわないことにしています。

さて、夕食の片づけをしたら、テレビを見たり本を読んだり、読み残した新聞をめくったりと、好きなことをして過ごすリラックスタイムに突入。連載をしている「新潟日報」の投書欄は、地方の方々の暮らしを知ることができるので、とくにじっくりと読みます。

入浴後には洗濯をしますが、少量の場合はお風呂で手洗いすることも。こまめにやれば、洗濯もさほど苦になりません。

そうして夜十一時のニュース番組が始まると、そろそろ寝る準備をしなくてはと、自分に号令をかけます。キリッとした朝の空気も素敵ですが、夕食後のまったりとした時間もまた私は大好きなのです。

# 乳製品多めで塩分控えめが私の食生活

食事で気をつけていることといえば、肉や魚の三倍くらい野菜を食べることくらいです。ただ、野菜って一度にそんなにたくさん食べられないでしょう。

とくに生野菜は食べているようでいてそうでもない。いまはサラダが健康食、美容食の代表のようにいわれていますが、昔は野菜を生で食べるということはほとんどありませんでした。

だから私は、野菜をとるときは、さっとゆでたり炒《いた》めたりすることが多いです。そうすれば、無理なくたっぷりと食べられますから。

あとは牛乳、チーズ、バターといった乳製品をよくいただきます。あまり腰痛などの年寄り病がないので忘れていましたが、なんといってもカルシウムの吸収を高めるのは乳製品。とくに、さまざまな栄養素が凝縮された牛乳は積極的にとりたいものです。

一方で、あまり口にしないのがお味噌汁やお漬けものです。好き嫌いはほとんどないのですが、全般的に塩分はあまりとりません。

からだのために特別に注意をしているということではなく、スープでも缶詰だと少し塩辛《しおから》いなと感じてしまう。基本的に薄味が好きなんですね。

だから自分でつくる料理は全体的に塩分が控えめです。たとえば、朝の食卓によく登場するニンジンのスープ。ニンジンは生で食べてもつまらないから、ゆでて牛乳を入れてミキサーでガーッと攪拌《かくはん》してポタージュにすることが多いのです。最後に軽く塩をふり、顆粒《かりゅう》の鶏《とり》がらスープでちょっとコクを足すと自分好みの味になります。

トマトもジャガイモなどと一緒に煮てミネストローネのようにして、同じく軽く塩をしたりチーズを足してみたり。鶏がらスープやチーズを活用すれば、塩はそんなにいりません。

私のまわりには、年をとったからこってりしたものはダメという人は意外と少ないのです。焼き肉レストランの常連になっている人、ベーコンエッグにトースト、ヨーグルト、そしてくだものを食べたあとにチーズといった朝食をとっている人など、みなさん精力的に食べていらっしゃいます。

かつて一緒に暮らしていた姑は、九十歳を過ぎてもタンシチュー、チーズケーキなど、若い人が食べるような料理を好みました。

みんなずっとそういう生活を続けてきた人で、習慣になっているようです。

年寄りは白飯に味噌汁、漬けものがいちばんだなんて思っているのは、もしかしたら若い人だけかもしれません。

私などは洋食も洋菓子も大好きですし、トンカツやステーキもペロリと平らげてしまいます。お医者さまにはカロリーを控えるように釘《くぎ》を刺されていますが、困ったことにどうしても食欲がまさってしまうのです。

# ときには大好物を外食で

先日、久しぶりに東京・神田にある「明神下《みょうじんした》 神田川《かんだがわ》」に行きました。

私の大好物、うなぎがおいしい昔ながらのお店です。今回はお座敷が少し不安だったので事前に確かめたら「椅子のお部屋もあります」ということだったので、さっそく予約をしました。このお店の前には駐車場があるので、甥に車で連れていってもらえるのです。

長時間歩くのがむずかしいので、現在移動はもっぱらタクシーですが、うなぎ屋さんに行って外でタクシーを待たせておくなんて、いやではないですか。だから、「一緒に行って食べよう」と甥を誘うのです。運転手をする彼はお酒が飲めないから、かわいそうなんですけれど。

うなぎと並んで私はお寿司も好きで、昔はよく出前をとっていましたが、ひとり分では悪いと思い、最近は頼んでいません。そのかわり、お寿司が食べたくなったら外へ食べにいき、買ってきてもらうときは、四谷《よつや》の「八竹《はちく》」というお店を指名します。

押し寿司や茶巾《ちゃきん》寿司もありますが、ここは「穴きゅう」がおいしいのです。それと、「黄味《きみ》ずし 鰺《あじ》」。アジを普通の握りのようにして、その上に黄身酢という卵の黄身をお酢で味つけしたものをのっけているのですが、これが見た目も鮮《あざ》やかで美味。私のお気に入りです。

神楽坂《かぐらざか》にもおいしい大阪寿司のお店がありますね。「大〆《おおじめ》」というところで、混《ま》ぜ寿司みたいなものに卵がかかったのが私のお気に入りです。神楽坂には友人のボーイフレンドの娘が住んでおり、彼女が教えてくれました。

私は食べるお店を探すときに、雑誌などを見たりするのではなく、その土地に住んでいる人に聞いたり、いただいたものを食べて「おいしいね」というとお店を教えてもらえるので、名前を控えておき、誰かと食べにいったり、自分で買いにいったりしてきました。

こうして自分の舌で確かめますから飽《あ》きることがなく、利用するお店はだいたい決まっています。

最近はテレビを見ているとすぐに食べものが出てきて、あれがおいしい、これがおいしいとやっています。いまの食べもの屋さんは、宣伝のために何にでも出るでしょう。つまらないですね。

それから、世の中には「すき焼きはこの順番に食べなければ」とか、「このワインは何年ものがおいしい」などと蘊蓄《うんちく》を披露する美食家と呼ばれる方たちがいますが、「おいしければ何でもいい」というのが私の考えです。ですから、どんなに食べることが好きでも、気取ったことは何もいえません。

# 夜更かしだけど熟睡

前々から不思議に思っていたことがありました。

「ラジオ深夜便」というNHKの人気ラジオ番組、私も六年ほど前に出演させていただきましたが、夜中の三時四時に流れている番組を、どうしてみんな聴《き》いているのかしらということです。それで、あるとき知りあいに尋《たず》ねてみました。

寺田《てらだ》かつ子さんという消費者問題で活躍なさった方がいて、住まいが近いのでときどきわが家にいらっしゃるのです。

私が、「あの時間帯に、どうしてラジオなんて聴けるのかしら」といったら、「お年寄りはみんな九時頃には寝てしまうんです」という。それで三時頃目が覚めるから、あれを聴くのだと。

「なるほど。だからああいう時間帯に流すのね」と妙に納得してしまいました。たしかに九時に寝れば、三時に起きてもおかしくありません。そして目が覚めたときにウロウロ動くと家族にいやがられるから、寝床でイヤホンをつけてラジオを聴くのだと。思えば夫が生きていた頃、家族が寝ている時間は、私もイヤホンでラジオやテレビを楽しんでいました。

でもひとりになったいまは、夜中にテレビをつけようが何をしようが誰にも気兼ねなくできます。ただし、それだとおもしろい映画などをいつまでも見てしまうので、「日付が変わる前には寝る」という、なんとなくのルールを決めています。

もっとも「今日はまだ新聞を読んでいないな」と思ってめくりはじめたり、夢中になって読書をしているうちに、日付が変わっていたなんてこともあります。

それで「今日中」には寝られなくて、一時ぐらいになったら、いよいよ絶対に寝なくちゃと自分に発破《はっぱ》をかけるのです。まあ平均すると、寝るのは今日の終わりぐらいですね。

でも、よく寝ています。布団に入ったらあっという間に眠りにおちます。それで起きるのは八時でしょう。そんなことを話したら、寺田さんに「あなたは寝すぎよ」と笑われてしまいました。

# 運動らしきことといえば

「毎朝、近くの公園でラジオ体操をしています」「ヨガの教室に通っています」など、健康のために運動を習慣にしている高齢者は少なくないようです。

けれども私の場合、特別な運動はしていません。いちばん下の弟はスポーツの世界で活躍し、初期のスキージャンプの選手として、オスロ、コルティナダンペッツォの二回、オリンピックに出場しましたが、私はスポーツが苦手《にがて》。何か体操などをしても、長続きするはずがないのです。

そのかわり、家事をするときにできるだけからだを動かすようにしています。

最近は、部屋の中を勝手に動きまわるお掃除ロボットなども人気のようですが、料理、掃除、洗濯などは、これも運動だといい聞かせ、時間がかかっても自分でやることにしています。

さらに、庭の雑草を抜いたり包丁《ほうちょう》を研《と》いだり……。日常的なひとつひとつの家事を一生懸命にすれば、おのずとからだは使われると思っている部分もあるのです。

ただ、最近は意識的にちょっとしたエクササイズをしています。医師で作家の鎌田實《かまたみのる》先生に、特別な運動をしていないと告《つ》げたら、こんなことをすすめられたからです。「じゃあ台所にいるときだけでも、スクワットをしてみたら」聞くと台所でシンクにつかまりながら、軽く膝《ひざ》を曲げ伸ばしするだけでいいという。即座に「やります」といいました。これはいい、と思ったのです。

というのも、牛乳がゆをつくるときに、私はすぐに牛乳を吹きこぼすのです。火を出してはいけないという思いが常《つね》にあるので、鍋を火にかけているときは台所から離れないようにはしています。

ただ、ちょっとほかのことをしているすきに、牛乳ってすぐに吹きこぼれてしまうでしょう。かといって、牛乳が煮立つのをじっと眺《なが》めているのも退屈です。鎌田先生のお話を聞いたとき、「そうか、この間にスクワットをすればいいんだ」とひらめいたのです。牛乳は吹きこぼれないし、足腰は鍛《きた》えられるから一石二鳥。

私たちの筋肉は年齢とともにどんどん減っていくといいます。そして、太ももやおしりといった大きな筋肉を効率的に鍛えることができるスクワットは、転倒防止にもいいといわれており、女優の森光子《もりみつこ》さんもやっていらしたと聞きます。

また、かつてほど散歩はしなくなりましたが、一日一回外を歩く機会をつくっています。近くの郵便局まで手紙を出しにいくのです。いただきものをしたときのお礼状、読者の方から届いたお便りの返事など、手紙はほぼ毎日書いています。

私は六十歳を機にご隠居《いんきょ》宣言と称して、年賀状を出すのをピタリとやめましたが、その分、遠くに住む友だちなどに、何かあったときに近況を添えて手紙を送るのです。もちろん親しい人なら電話でもいいのですが、私は手紙のほうが好き。とくにお礼状は必ず手紙にします。

電話はこちらから一方的に相手を呼びだすわけですから、どこか気が引けてしまう。それに、ポストに親しい人からの自筆のハガキを見つけたときって、ちょっとうれしいではないですか。

# 第四章　生きることには、つらいこともある

## いってみれば、朝起きるのだってたいへん

「いまの生活でたいへんなことは何ですか？」

先日、そんな質問を受けました。正直にいえば、全部がたいへん。朝起きるのだって簡単ではありません。

今日は起きたくない、このままベッドでゴロゴロと好きなだけ寝ていたいという日はいくらでもあります。とくに冬の寒い朝など、温《あたた》かな寝床から離れるのはつらいもの。でも、「このままウダウダしていたら、永遠に起きられないぞ」と思うから、ヨイショと掛け声をかけてベッドから起きあがるのです。

六十六歳で夫を亡くしてひとり暮らしが始まったとき、私は二十四時間を自分のために使うことができるという自由に酔《よ》いしれました。

それまでは、自分のことは二の次、三の次。夫や姑《しゅうとめ》のために毎日食事の準備をし、

仕事で遠くへ行くのも日帰りが原則でした。たとえば札幌で午後一時からという会合に、当日の朝飛行機に乗るのは当たり前だったのです。

しかし、その一方で義務感から解放された生活は、自分を律していかないと、無限に楽なほうへ傾くなという危機感も覚えたのです。

新たな生活がスタートするうえで、私は大きな冷蔵庫や食洗機、フードプロセッサーをすべて処分しました。

家族と暮らしていた頃は、家事を省力化して時間を稼《かせ》ごうとしていましたが、便利さに慣れてしまうと、自分の本来持っている能力がどんどん失われることにも気づいたからです。

いまは時間もたっぷりありますし、ひとり分なら自分の手でおこなうほうが簡単で、うまくいくような気がするのです。

私の願いはただひとつ。できるだけ長く、当たり前の何でもない日常を楽しみたい。

そのためには、もう年だからとあらゆることを諦《あきら》めてしまうのではなく、自分でできることは時間がかかってもやりつづけたい。自分を甘やかしすぎてはいけないと思っているのです。

気力、体力を温存するために多少の手抜きは必要かもしれません。けれども、まだできることを放棄してしまうのはダメだと思います。

それが自立ということだと思うし、暮らしが雑になると、心までザラザラしてくるような気がします。

# 「台所点前」のすすめ

戦時中、夫とともに「老婆《ろうば》聞き書き」という仕事を始めました。これは、日本各地をまわってたくさんの年配の女性たちに会い、昔の日本の暮らしぶりを聞くとともに、家事の仕方やコツを取材するというもの。夫がその地方でしか聞けない貴重な話に耳を傾けるかたわらで、私は必死で速記の筆を走らせました。

なぜ戦時中にそんなことをしたかというと、戦争が始まると配給制度によって用紙の入手がむずかしくなり、出版に関しては国家の統制がとても厳しくなりました。そのため、出版物の数は激減し、当然、本を書く人の仕事もなくなっていったのです。その夫も、その例にもれませんでした。そこで、女性論も専門分野のひとつであった夫は、空《あ》いた時間を利用して昔の女たちの生活を書き留めておくことを思いついたのです。

取材を続ける中で学んだ先人の知恵のひとつに、このようなものがあります。それは、洗濯にしろ掃除にしろ、汚《よご》れがたまらないうちにするということでした。
たとえば、洗濯の仕方については川で洗ったり、たらいを使ったりと土地によってさまざまですが、共通していえることは「あまり汚れないうちにする」ということだったのです。

水まわりはとくに不潔になりやすく、台所のシンクまわりや、洗った食器を置く水切りかごの裏側などは、掃除をサボるとすぐに汚れがついてしまいます。

汚れがひどくなってからでは、落とすのもひと苦労。そこで、ステンレスのシンクは、食器を洗ったあとの洗剤のついたスポンジで、その都度《つど》すみずみまで洗う。もっとピカピカにしたければ、やわらかいナイロンたわしに液状のクレンザーをつけて磨《みが》きます。

ナイロンたわしやクレンザーを使うとステンレスに傷がつく、などといわれますが、使っていれば多少の傷はつくもの。私は曇《くも》ったシンクよりも、少々傷ができてもピカピカにして気持ちよく使ったほうがいいと思っています。

さらに、毎日の料理は後片づけがたいへんです。だから私は「台所点前《てまえ》」を実践しているのです。これは、お茶のお点前になぞらえたもので、「いただきます」のときにはシンクには何もない、コンロも掃除済みの状態で、あとは食べた後のお皿を洗うのみという状態にする台所作法《さほう》。

食事のあとに汚れたフライパンやお鍋《なべ》を片づけるのは面倒ですが、料理をしながら片づけていくと、仕上がったときにはもう流しには何もなし。これだと楽だし、気持ちがいいのです。そういうことをしているのです。

また、一年という単位で考えると、家庭を持つ女性にとってとくに忙しいのが年の瀬ではないでしょうか。

私の場合、家事には無縁《むえん》で暮らしている二人の家族の中で、年の瀬になると、「あぁ、一日が三十時間あったら」と叫びたくなる日々でした。そこで、秋も深くなった頃から、正月を迎えるための小出しの家事を考えて実行しはじめたのです。

たとえば、大掃除にしても、食事の後片づけのあとに、わずかな時間を割《さ》いて食器戸棚の一段だけを、食器のすべてを出してすみずみまでアルコールを吹きつけたティッシュでふいて、棚敷き紙を取り替えていく、といった小さな大掃除を積み重ね、いつの間にか全体をきれいにするという方法です。

家の修理なども十一月のうちにしておくのがよいでしょう。とくに戸建ての家だと、「台風で屋根が飛んだ」とか、「外壁が傷んだ」といった話を多く聞きます。

私の家もこの間、屋根がめくれて大騒ぎをしたのですが、気心の知れた職人さんに頼んでも、忙しくてなかなか来てもらえませんでした。

家の修理や掃除にしても、原稿を書くことも、早め早めの先手必勝が肝心《かんじん》。これこそが無理をしないための基本です。

# 人間ドックに入ったことがない

この冬、体調を崩《くず》し、はじめて「新潟日報」の連載をお休みしましたが、これまで病気らしい病気をしたこともなく、結婚後は家庭と仕事を絶対に手放すまいとして懸命に生きてきました。

戦争中に一生安定と思ってかけた保険がパーになった経験から、夫は保険が嫌いでした。私自身の病気に備えた保険も、六十五歳以上に適用される保険は当時なかったのです。だから、とにかく病気をしないようにがんばって働いてきたというのもあります。

これまで病気らしい病気といえば、ヘルペス（帯状疱疹《たいじょうほうしん》）くらい。太ももの後ろにできて、そのときちょうど運悪く講演会が入っていたので、新幹線で出かけました。何百人も集まってくださっているのに、「ヘルペスで行かれません」とはいえません。

死にそうな病気なら別ですが、引き受けた以上、仕事は最後までやりとおさなければならない、そういうところは自分でいうのも何ですが、とても義理堅いのです。

そして九十七歳のいままで、私は人間ドックには入ったことがありません。じつは私、病院が大嫌いなのです。そのあたりは夫も似たところがあって、夫はお医者さまにいわれたこんな言葉をすっかり気に入ってしまいました。

「タバコをやめたからといって何年長く生きられるかわからない。胃潰瘍《いかいよう》の手術をしても、寿命はせいぜい一、二年のびる程度。だから、好きにして生きるのと、好きなこともしないでウジウジして生きるのと、どちらがいいか、ご自分で決められたらいいんですよ」

夫は具合がかなり悪くなってからも、大きな病院へ行くことを拒否しつづけました。亡くなったあと、解剖《かいぼう》したら膀胱《ぼうこう》にがんが見つかった。胃はもともと悪かったし、うつ病の気味もありましたが、何かいっても聞くような人ではありません。夫は痛いのはいやだし、病院は嫌いだったのです。

そんな調子で暮らしてきた私ですが、七十歳を過ぎた頃、病院で血圧が高いといわれ、すすめられるがままに薬を飲んでいました。

しかし、この間、心臓の調子がおかしくなってお医者さんに行ったら、「九十歳代でこのぐらいの血圧なら、当たり前すぎるでしょう」といわれ、「あ、そうか」と思ってあっさり薬をやめてしまったのです。

かつて検査をしたときは、上が一五五ぐらいだったのが、いまは一一〇から一三〇ぐらいに落ち着いている。だからおかしくて、毎月往診に来てくださる先生にも「どうしてでしょうね」といったら、先生も「どうしてでしょう」と首をかしげていらっしゃる。

それにしても二十年以上、血圧の薬を飲んでいたのです。血圧はたえず変化しているといいますから、おそらく高いタイミングで一度測って薬を出してしまったのではないでしょうか。

薬をやめてからは、自分で血圧を測るようになりました。そして、つくづく薬を飲む必要がなかったのがわかりました。

もうひとつ、本来は毎日測らなければいけないものに体重があるのですが、こちらはすぐに忘れてしまって。ただ、自分でコントロールして、食べすぎたなと思ったら次の食事は少し控えたりと考えながらやっています。

かつて乳がんと間違えられて、「ホルモン受容体が陰性だから、脂肪分を減らして一〇キロはやせなさい」とお医者さまにいわれたときは、糖質を控えてちゃんと体重を減らしましたが、いまは大好きなものをがまんしてまでやせたくない。おいしいものを好きなだけ食べて、ぽっくりいければ本望《ほんもう》なのです。

## 何かに夢中になってやっていたら病気も寄りつかない

好きな人はそれで安心するから、何かというとすぐにお医者さんに行きますよね。私の親戚にもいるのです。今日は頭がズキズキするとか何とかいってお医者さんに行くと、「どこも悪くないからお休みになってください。どうぞお帰りください」と。

そういうのは、自分で病気をつくってしまっているのでしょう。だから、「暇だからそういうことになるのよ」と私などはいっているのです。

何かに夢中になってやっていたら病気も寄りつかないでしょう。家事もあまり自分でやらなくなって、趣味もなかったりすると、自ら病気を引き寄せてしまうのではないでしょうか。

かつて、「脳の学校」の代表をしておられる医師の加藤俊徳《かとうとしのり》先生と雑誌で対談をさせていただいたことがあります。その中で先生はこんなことをおっしゃっていました。「元気な脳になるための三大エネルギーは、糖質、酸素、経験です。その中でも経験は、一朝一夕《いっちょういっせき》にできることではありません。いくつになってもいきいきとした脳でいるためには、若い頃から自身の生活といかに向きあっていくかが大切になる」と。

そういう意味では、脳はいつまでもいろいろな可能性があり、死ぬまで活性化するといいます。

私の場合、仕事や家事やらで忙しい時期があり、そういうときにものを考えたり、時間のやりくりをしたりと、頭をフル回転させたことがよかったのかもしれません。

加藤先生も、家事を工夫してきた主婦の脳は老いにくいともいっておられます。私も以前から、女性は実生活的に自立しているのが、長生きの理由ではないかと考えていたのです。

そして、庭で野菜をつくることも、脳のためにとてもいいのだそうです。天候を見て柔軟《じゅうなん》に判断しながら、収穫までの時間を意識して暮らすことは、時間の流れを意識し、自分の「脳の時計」をさびつかせないことにつながるからだとか。

何も脳をさびつかせないようにと、私は一生懸命に働いたり家事をしてきたわけではありませんが、今日を限りと毎日を一生懸命に生きてきたことが、結果的にからだと脳にほどよい刺激を与えて、病気やボケを防いでくれたのかもしれません。

# 人間、することがないのがいちばんつらい

老後は素晴らしい設備が揃《そろ》った豪華なケアつきのマンションに入って、悠々自適《ゆうゆうじてき》に暮らす――。あたかも理想的な余生の過ごし方のように思えますが、実際にそこにいる人がみんないきいきとしているかというと、そうでもないようです。

すべてがお膳立《ぜんだ》てされているのに、なぜか元気がなくなってしまう。妻を亡くした年老いた父親に、娘がよかれと思って立派な施設に入居させたら、そこからダメになっていくという、そういう話もよく聞きます。

おそらくその理由は、することがなくなってしまうからなのです。

すべてが整っているから自分の生活に責任を持たなくなるし、「今日の夕飯は何にしようか」と、献立を考えていそいそと買いものに出かけることもない。

散歩中にご近所の方と立ち話をしたり、商店街に新しいお店ができたのを発見したり、そういう小さな刺激がちりばめられたごく普通の生活を続けることが、じつはと

ても大切なのではないかと思います。

一緒に暮らしていた姑は、七十歳を過ぎた頃に夫の姉である長女を亡くし、ずいぶん落ちこんだようでした。でも、当時、姑は英語の先生をやっていたのです。生徒さんを待たせても悪いからと、お葬式の十日後くらいには自宅での英語のレッスンを開始しました。

つらかったと思います。でも、自分を待っていてくれる生徒さんがいることが、姑にもう一度立ちあがる力を与えてくれたのだと思います。

「しあわせなのは、王さまのように何もしなくていいこと」

本当にそうでしょうか。どこかでみな、それを望んでいるようなところがありますが、私は違うと思っています。本当に衰弱《すいじゃく》して何もできなくなったら仕方がないけれど、元気なのにすることがないのって、人間いちばんつらいのではないですか。

とくに、ひとりでいることに自由を感じるには、何か自分のためにすることを持たなければ、むなしいに違いありません。

ひとりの目覚めに、今日も何もすることがないという一日の始まりを感じるとしたら、朝から力が抜けていくでしょう。

## ストレスをためない工夫

もう平均寿命以上生きていますから、いつ死んでもいいと思っています。

でも、生きている限りは楽しく暮らしたいではありませんか。そのためにも、ストレスをためない努力は必要だと思います。腹が立つことがあっても、それを持ち越さないように転換できる能力とか、さっさと忘れる力とか。

もともと私は後ろをふり返ってクヨクヨするのが嫌いなのです。いやなことをずっと覚えているなんて損ですよ。楽しいほうがいいですもの。

もちろん、生きていればいやだなと思うこともたくさんあります。

全部が全部揃っていて、いつもしあわせな人なんているのでしょうか。そんな人などいないと思いませんか。誰だってつらいことやたいへんな何らかの事情を抱えて生きています。それが普通です。

以前は、私の親戚でも夫のことが嫌いな人がいましたから、そういう人が来たら困るとヤキモキしたり、姑と暮らすことになったときには、「古谷さんのところは、自分たちだけ母屋《おもや》に住んで、お姑さんを小さな部屋に押しこめている」などと噂《うわさ》が立ったこともありました。

実際は、私が勉強部屋にしていたプレハブハウスを姑がひと目で気に入り、離れでひとりで暮らしたいと申し出たのです。

そんなとき、姑は「誰が何といおうといいじゃない。私が満足しているんだから」「人の噂なんて案外すぐに止むものよ」と、どこ吹く風。そして、たしかにそのとおりだと思ったことをよく覚えています。

その姑も九十歳を超えてからボケはじめてしまい、私はわがままな夫の世話と、家事と仕事のほかに、介護というものが加わり、それこそ目のまわるような生活が続きました。

自分の時間がまったくなく、精神的にも追いつめられていた頃、妹がそっといいアイデアをくれました。予定より少し帰りが遅くなると家に電話を入れて、ちょっとした寄り道をするのです。バスに乗って知らない町をまわってみたり、ホテルの食堂からボーッと景色を眺《なが》めるだけでも疲れが抜けていきます。

また、仕事という口実《こうじつ》で家を出て東京駅から電車に乗りこみ、海を眺めながら熱海《あたみ》まで小旅行をしたこともあります。

後ろめたい気持ちがないわけではありませんが、こうして息抜きをすれば、家族にもまたやさしい気持ちで接することができます。

ストレスを爆発させないための知恵でもありました。

自分ですべてを抱えこんでがんばって倒れたって、誰も何もしてくれません。

自分の管理は自分でするしかないのです。だから私は、自分が健康で機嫌《きげん》よくいられることを第一に考えて暮らしています。

生きていくうえで完全にストレスをなくすことはできないし、多少のストレスも必要なのでしょう。なくすことができないなら、いかにうまくストレスとつきあうかを考えればいいのです。

自分を追いこまない工夫をするのは、楽しく暮らすうえで不可欠なことだと私は思っています。

# お年玉はあげません

近くに住む甥《おい》の娘が、子どもたちを連れてよくうちに遊びに来ます。ときには若い人と接するのも楽しいもの。「ああ、こんなふうに考えるのか」とか、「私たちにはこういうことはなかったな」とか。

ものを知らないのは当たり前だと思っていますから、あきれることはありませんが、ただみんな同じような格好をしていて、昔のような個性というものはないように感じます。

夫の弟、妹もみな亡くなり、夫の甥が亡くなったときに知らなかったりしたので、「ときどきいとこたちで集まらなくてはね」ということで、最近「いとこ会」を開催。私も招かれていろいろな話をしました。

夫のいちばん下の甥は、誰もが知っているような出版社で女性誌の編集をしていました。

そしていま、「彼が上司だったんです」という女性と私が本でおつきあいしています。その彼は赤ん坊のときから知っているから、会えば懐《なつ》かしい話も飛びだします。その甥にもすでに孫がいる年代。こんなに長く生きると思っていなかったから、何がなんだかさっぱりわからなくなってしまいました。

でも、私は、私の親戚にも、夫の身内にも、お年玉なんてあげたことがない。かつて、うちに若い人が出入りしていたときに、夫がみんなにお年玉をあげようというので、いくら出すのかと思ったら本当にわずかな、昔の子どもに渡すような額で、「こういうのをお年玉というんだよ」といっていました。

昔はお年玉がお餅《もち》。一家の主人がお餅をみんなに渡して、それがお年玉だったわけです。お餅なんて、なかなか食べられるものではなかったでしょうから。でも、お正月にもらうお餅は自由に食べられたわけです。

そういうものを踏襲《とうしゅう》すると、本当に千円とかを包みに入れて渡すというのが夫のいうお年玉だったのでしょう。

でもいまの子みたいに、新型パソコンがほしいだの、レース用の自転車だの、いくらもらったなんて数えられたら、私なんかとてもじゃない。ひとりにあげれば、いろんな人にあげなければならないでしょう。だから誰にもあげません。

自分の生活のことを考えたら、誰にも世話になれないではないですか。

私がよく講演会でいっていたのが、「とにかく、持っているお金は子どもたちには絶対に譲《ゆず》らないように」ということ。

子どもがマンションを買いたいといえば、財産の一部を早めに譲るような感覚で、じゃあ、出してやろうかとなりがちですが、それは子どもが揃えればいい話。死ねば、いずれにしても子どもにいくお金なのですから、それまでは、自分のために使えばいいのです。

それがひとり暮らしの自由さで、若い人に気をつかうこともありませんし、自分の思うように行動してもああだこうだと人にいわれませんから。

そのかわり、気軽に彼らにものを頼むということもせず、自立しているということが大前提になるわけです。

## からだの衰えを自覚したとき

人生五十年だった時代とは食べものも生き方も違い、いまの六十代はまだまだ若いといっていいでしょう。私自身も、六十代いっぱいは、いつも元気で体力が落ちたなどと感じたことは皆無《かいむ》でした。

仕事と家事の両立は当たり前だと思っていたけれど、主婦としては忙しくていつもキリキリ舞い。でも、からだはじゅうぶんに動きますから、屋根の雨どいに木の葉が詰まれば私が上って取ったり。六十代まではそんなことも平気でやっていました。

しかし、からだがよく動くのは六十代いっぱい。七十代もはじめはいいのです。私も七十代前半までは外国などへ行ってもあちこち随分《ずいぶん》歩きまわっていたものですが、七十五歳を機に体力の衰《おとろ》えを実感するようになりました。はっと思うようなところで力がなくなるのです。

そして、少し歩きすぎると、疲れるようになりました。衰えは脚から始まるといわれますが、そのとき、ああ私も衰えたなあ、とはっきり自覚したのです。

そして八十代になると、からだの機能はどんどん低下して動きも鈍《にぶ》くなります。また物との距離感がつかみにくくなって、掃除機をかけていてふっとからだの向きを変えようとして机の角に腰をぶつけてしまうなんてことも。

私などはそういう変化もおもしろがってしまうところがあるのですが、やはり年をとってくるとたいへんなことがたくさん出てきますし、そのような変化に不安を感じる方も少なくないと思います。

でも、たとえ自分が描いた人生設計図のとおりにいかなかったとしても、いま自分ができる範囲でまた違う楽しみを見つければいいのです。

ただし、先にもお伝えしましたが、家の建て替えだとか引っ越し、あるいは旅行など、体力も気力もあるうちにすませておいたほうがよさそうなものは、先送りにせず六十代にやっておくことをおすすめします。

# 年齢とともに自分の「加減」がわかってくる

年を重ねるにつれてからだが思うように動かなくなるのは確かです。そのかわり、自分とのつきあいが長い分、これまでの経験からちょっとおかしいぞ、このままでは風邪をひくぞと、からだのシグナルを比較的簡単にキャッチできるようになるのです。

私の場合、若い頃は多少無理をしてでも家族のために、そして自分の仕事を優先するために、無理をすることもありました。現実問題として、自分が倒れてしまったら家族が立ち行かなくなるのが目に見えていたので、病気になることすらできなかったというところもあります。

いまは、ちょっと風邪気味かなと思ったら寝てしまいますし、これ以上無理だと思ったらひょいと諦めてしまいます。年を重ねるとその辺の「勘定《かんじょう》」がわりとやさしくなります。

若い頃はそういうからだの加減がわからないから無理をして倒れたりするのでしょ

う。でも、ひとりになった六十六歳からは、わりとからだのシグナルに従って生きています。

最近はだいぶ仕事の量をセーブしていますが、何やかやと忙しいことは確かです。けれども、「もういいや、今日はこのへんにしておこう」と思ったら、本当に簡単にパッと諦めてしまう。年をとってくると、からだが続けられなくなってくるから、どうしてもそうなってくるのです。やっぱり、できないものはできないでしょう。

何かを手放すのはちょっとつらいかもしれないけど、そこらへんが私はわりと簡単なのです。失ったものに対してあまり執着《しゅうちゃく》がないからです。

それでも年に数回は風邪をひきます。けれどもひいた理由は自分がいちばんよくわかっている。たとえば、寒いところで作業をしていて、もう限界だと思うのに「もうひとつ、あれを探さなくちゃ」とやってしまったからだとか。だから流行の風邪じゃないから平気だとか。

私は食いしん坊だし、食事をつくるのが好きですが、日によっては台所に立つのが重荷に感じられます。買いものに行くつもりでいたのに、歩くのがちょっとしんどいな、という気持ちになる日もあります。それはやはり疲れているからなのです。

そういうときには決して無理をしません。無理とは抱えきれないということ。

年をとってからはとくに、抱えきれないことはしないというのが、健康のなによりの秘訣《ひけつ》です。

# 枝豆で歯が折れるという突発事故

自分で病気をつくって医者にかかるのもどうかと思いますが、私のようにあまり病院に行かないのも、それはそれで問題があるのかもしれません。

最近、眼鏡が合わなくなり、そろそろ眼科に行かなければと思うものの、待たされるのがいやでなかなか足が向きません。

先日、風邪をひいたときもそうでした。病院にも行かず、熱を測ることさえせず、風邪薬を飲んで寝てしまったところ、翌日には治《なお》っていました。

この話を甥にしたら、「せっかくホームドクターがいるのだから、呼べばいいのに」と叱《しか》られてしまいました。

考えてみたらそのとおりで、月に一度健康診断のために往診してくださるお医者さまに頼めばよかったのですよね。それさえ考えつかなかったのですから、困ったものです。

よほどの不自由がないと、お医者さんにはなかなか足が向きません。

それがもとで先日、思わぬアクシデントを招いてしまいました。

三十年前、これで一生虫歯の心配はしないでいいというくらい徹底的に、歯医者さんに口の中の悪いところを治してもらいました。まさか九十七まで生きるとは思っていなかったので、それで安心していました。

姑は九十六歳まで生きましたが、五十代で総入れ歯にしたそうです。悪い歯は抜いてしまい、歯ぐきのしっかりしているときに総入れ歯にしたほうがいいといわれたそうで、「おかげで歯痛を知らないのよ」といっていたものです。

私は幼いときによく歯が痛くて泣いた記憶があるので、姑の言葉が心に残っていました。

姑や夫を続けて見送ったあと、忙しくて歯医者さんにも行けなかったので、落ち着いたところで徹底的に手入れをしてもらうつもりで歯医者さん通いをしたのです。

どんな治療や処置をしていただいたかもう忘れましたが、おかげで食べることにも人の前で話をするにも不自由なく快適に過ごしてきました。しかし、友人からは「ときどき歯医者へ行って健康診断をしてもらったほうがいい」と注意されていたのです。

しかし、どこも不都合がなかったため放っておいたところ、おいしい枝豆を食べているとき、ぽろりと歯が欠けてしまい、びっくりしました。

親しい新潟住まいの友人が時期によっておいしい茶豆を選んで送ってくれるので、昼も夜も、ちょっと固めにゆでた茶豆を食べつづけたのです。毎日、おいしいものを食べられるしあわせに感謝でした。

ところが一本でも前歯を失うと、なんと食べにくいこと、それが続いて二本も折れてしまったのです。同じ時期に手入れをしてもらったので、全部いたんできたのかもしれません。

突発事故はあるのですね。いま私は足がこころもとなく、歯医者さん通いも容易ではないので、やっぱり友人に注意されたとおりに、ときどき様子を診《み》てもらいにいけばよかったと後悔しているところです。

# 第五章　死ぬのはかんたん、と思うわけ

# 昨日まで元気だった人がある日突然

私はいつでも、「明日のことはわからない」と思って生きています。誰よりも元気だった人が突然体調を崩《くず》して入院したり、交通事故で急死したり、あるいはゴミを出しにいったまま帰らぬ人となったりということを見聞きしていますから。

哲学的な思想などではなく、私は「明日のことはわからない」をくり返しながら、まことに自然に今日まできてしまいました。

また私は、妹、夫、姑《しゅうとめ》の最期《さいご》につきあっていますが、三人ともあっけないほど穏《おだ》やかにすっと亡くなったのです。

姑はとくにそうでした。晩年、認知症を患《わずら》っていた姑。少し具合が悪くなってきたので入院させようとしたのです。でも預《あず》かってくれる病院がなかった。ですから家でずっと看《み》ていて、いよいよ動けなくなったので入院という、その日の朝に亡くなりました。

入院のために支度を整えて、「おばあちゃまそろそろ行きますよ」と、寝ている姑のもとへ行ったら、お水を飲みたいというから吸い口で飲ませたのです。そうしたら、「お水ってこんなにおいしいものなのね」なんていって、「そうですよ、お水はおいしいですよ」と返したら、ちょっと変な感じになってきた。あ、これはちょっとおかしいなと思って、夫にいつも来ていただくお医者さまに電話をかけてといったら、かからないというから、じゃあ呼びにいってくださいといいました。それで夫が出ていったあとに、スッと逝《い》ってしまいました。「もしかしたら、入院がいやだったのかもね」とのちにみんなで話したのですが。でも、私がそばにいたし、結果的によかったなと思うのです。

夫の場合はずっと自宅で療養していたのですが、腹水《ふくすい》が溜《た》まってきたので、これはうちでは処置できないなと思って、知りあいのお医者さまがいる近所の総合病院に連れていきました。

その先生に診《み》ていただいたら、そのまま入院することに。寝間着や歯ブラシ、スリッパなど必要なものを揃《そろ》えるために私が家に戻ったら、すぐに病院から電話がかかってきてとんぼ返り。結局、入院したのはひと晩だけでした。

そして妹も家族からの連絡を受けて私が駆けつけたとたんに亡くなったのです。私が来るのを待っていたみたいだなんて、妹の娘にいわれました。

三人とも本当に静かに息を引きとり、人間ってこんなふうに穏やかにスッと逝けるんだと思ったものです。

そして彼らの最期に立ちあうことで、生と死の境界線なんてあっけなく越えられるもの、死ぬのなんて簡単なものだということを改めて知りました。

だから死に対して、わりと淡々としているところがあるのです。人間、いつ死ぬかはわかりません。でもそれは仕方のないことであり、私にとって死は少しも怖いものではありません。

また、私は旅立った人たちに対して、一生懸命にやってきたつもりなので、ああすればよかった、こうすればよかったという心残りがない。それもあっけらかんと生きていられる理由のひとつなのかもしれません。

## どうあがいても、死ぬときは死ぬ

こんなことをいうと変かもしれませんが、私は夫を亡くしたときに取り乱したり、一日じゅう泣き暮らすといったことはしませんでした。夫を亡くして青天《せいてん》の霹靂《へきれき》という方もいますが、私にとってはそうではなかったのです。

もっとも、私には子どもがおりませんから、人が見えてあいさつをするのも私、葬儀屋さんとの打ち合わせも私、家の借地権のことや埋葬《まいそう》のことなどさまざまな事務的なこともしなければならない。采配《さいはい》を振る人間は私しかいないのです。

お棺《かん》にすがって涙を流したり、悲しみに沈んでいる余裕はなかったというのも事実です。

しかし、夫は私よりも十歳年上。普通に考えれば残るのは私です。それに結婚していれば、離婚という形で別れが訪れる可能性だってあるでしょう。

ですから結婚した当初から、どんな形であれ、別れの日が来ても後悔しないよう、毎日を自分らしく精いっぱい生きようと努めてきました。


どうあがいても、死ぬときは死ぬ。

これは揺《ゆ》るぎのない事実であり、嘆《なげ》いても仕方のないこと。それを自然に受け入れられるようになったのも、夫や姑の死を間近で見たことが大きかったと思います。

それがなければ、おそらく死への恐怖は少なからずあったでしょう。恐怖をやわらげるためにも、また、死への心構えをする意味でも、おりにふれ人の最期を見ておくことは必要だと思います。


私はだいぶ長く生きてきましたから、いまでは無理にあがいて何かをしようとは考えていません。自然のままに生きて、毎日ひとつでもささやかなしあわせを感じられれば、それがいちばん。だから食も楽しむし、夕日が沈むのも、郵便局までの散歩も、植物や鳥たちとの関わりも楽しみます。

いいなと思えるものに心を寄せる生活に、すっかり満足しているのです。

# 「終活」も「断捨離」もしません

かつて、読者の方からこんなお便りをいただきました。

古い家を抱えてどうにもならなくて、その家をつぶして新しい家を建てることにした。そのためにものを整理したら、「私は死ぬかと思った」と。

ものの整理というのは、一気にやろうと思うと相当なエネルギーが必要です。ましてや年老いてからそれをやるのは至難《しなん》のわざ。

私も「やらなければ」と思いながら、忙しいからと延ばし延ばしにしてきてしまいました。雑誌や新聞も、気づくとそのへんに散らかってしまう。本当にものが片づけられないのです。

そんなある日、ご近所のお宅の取り壊し風景を見て、考えが一変しました。

ショベルカーがバリバリと音を立てて大きな家を壊し、それらをすくってゴミとして運びだしたあとは、一日二日で何ごともなかったようにきれいな更地《さらち》になるではないですか。

「ああ、そうか。これでいいんだ」

「最後は何もかもゴミとして家と一緒に壊してもらえばいいのか」

そう思ったら急に気が楽になって、片づけのことをちりちりと考えるのをよすことにしたのです。どこかでドンと構えていないと、精神的にも負担になってしまいますから。

いま、ひとつの生活術として、不要なものを減らしてすっきり暮らすという「断捨《だんしゃ》離《り》」が流行《はや》っていますが、それにつきあっていたら、私は死んじゃいます。片づけだけで倒れてしまう。だから私は、ショベルカーでワーッでいいと思っています。

家を譲《ゆず》る人があれば話は別ですが、私の場合は継《つ》ぐ者もないので、あとのことは甥《おい》に任《まか》せて、死んだらどうにでもしてくださいといってあるのです。蔵書《ぞうしょ》は行くところが決まっているし、そうするとあとは何もないから大丈夫だと。

断捨離を放棄したらモヤが晴れて、時間の使い方、お金の使い方が変わってきました。

たとえば、すでに寿命を迎えているであろう築五十五年のわが家は、修理や手入れが必要な個所がいくつか出てきています。もちろん生活に支障《ししょう》をきたすものは修理を頼みますが、手入れについては目をつむっている始末。

からだがいうことをきかなくなってきたということもありますが、年をとるにつれて家にかまうよりも、時間やお金は自分の楽しみのために使いたいと思うようになったのです。

たとえば、「旅をするならグリーン車に乗り、いい部屋に泊まろう」「少々値が張っても、お寿司はあの店の特上にしよう」という具合に。そういう部分で贅沢《ぜいたく》をすることにしています。

それから、「終活《しゅうかつ》」というものもピンときません。私の場合、遺言書《ゆいごんしょ》の作成や献体《けんたい》の登録といった事務手続きは六十代ですませましたが、細かなことはなりゆきに任せるつもりです。

自分の何をどうしてほしいといくら綿密に準備をしていても、実際はどうなるかわからないし、そのとおりにものごとが運んでいるか確かめることもできません。終活という名の「死後の心配」に時間を費《つい》やして、いまをないがしろにするのは本末転倒《ほんまつてんとう》ではないでしょうか。

いやだ、いやだと思っていたお墓に入ってしまうかもしれないし、かと思えば終活ノートなんてつくらなくてもうまくいく場合もあると思います。

知人のお母さまは、二番目の奥さま。だから、先妻と同じお墓に入るのは絶対にいやだといっているようです。だけど、死んでしまえば後のことは自分ではできないから、もう入ってもらおうといっています。

死んだあとのことをあれこれ考えても仕方がないし、残された人の身になれば、そこまで責任はとれない。やりたいようにやらせてもらわなければ困るわけでしょう。だから、死んだあとも人の記憶に残りたいとかと考えないほうがよいのではないでしょうか。

## 悔いのない生き方のルーツ

教科書会社に勤めていた戦争中のとき、上司が食べものが手に入ったからみんなに食べさせようとして、自宅に私たちを呼んでくださいました。楽しくごちそうになって家を辞したその晩、空襲でその家が焼け、上司は家とともに亡くなったのです。

また、大正十二年（一九二三年）に起きた関東大震災では、親戚のおじさんがあっけなく死んでしまいました。当時、私は五歳でしたが、その記憶だけは鮮明に残っています。

こういった現実を目《ま》の当たりにする中で、まだ若い自分だっていつそこに入るかわからないという思いが常《つね》にあったわけです。

明日はどうなるかわからない。もしかしたら今夜死ぬかもしれない。私たちの世代はそういう無常感の中で青春時代を生きてきました。

戦争末期は連日のように空襲があり、いつ家が焼かれてもおかしくない。決して大げさな話ではなく、毎日が死と隣りあわせでした。
一九四五年八月十三日、私は日記にこんなことを綴《つづ》っていました。

庭で作ったどじょういんげんのゴマ和《あ》えやゆで卵を、お昼用にと思っていたけれど、空襲で死んだらがまんしたのも損だという気になるから、たべてしまいましょうかといったら、やっと起きてきた綱正、成迫さんのお二人、賛成だという。その日ぐらしより「そのときぐらし」という生活。

その日ぐらしではなく、「そのときぐらし」という切迫感。ただし、明日が見えない生活で世の中が腐《くさ》ってしまったかといえば決してそうではなく、悲惨《ひさん》な状況下でもみんな今日を一生懸命生きようとしていました。
食べるものもないのにひたすら働いて、いまある世界の中で楽しいことを見つける。夢や希望を語りあう。「今日を限りに生きる」という私の根底に流れる考えは、こうしたギリギリの生活の中でも雑草のようにたくましく生きてきた中で、育《はぐく》まれてきたのかもしれません。

もっとも、いまだってしあわせに山登りに出かけて自然災害に巻きこまれてしまうこともあるし、人間ドックから出てきて数値には何の異常もなかったのに、次の日に死んでしまう人もいます。

人間の命とは、本当にわからないもの。とくに自然はどうにもならない相手です。だからいつ起こるかわからない災害におびえて暮らすよりも、今日を悔《く》いなく生きていくことを考えたほうがよいだろうと私は思っています。

ただしつけ加えるならば、それはいま私がひとりで自由に暮らしているからいえるということでもあるのです。

子や孫がいたら、彼らを守ってやりたい、万が一のために対策をとっておきたいという気持ちが起きるのは当然だと思います。どれが正しいとか、しあわせな道だとか、答えはひとつではありません。

それぞれにとっての優先順位、悔いのない生き方というものがあってしかるべきだと私は思っています。

# 「たられば」を考えても答えは出ない

同年輩の人と話をしていると、いつの間にか病気の心配だの、ボケたらどうしようなどといった話題になってしまいがちです。

もちろん、私にだってボケないという保証は何ひとつありません。ボケへの恐れはあります。でも、「たられば」を考えても何の準備にもなりません。

予防を心がけることは大切ですが、どんなに万全の準備をしたつもりでも、予定どおりにいくとは限らないのが人生。それなら、考えても答えが出ないことにあれこれ悩むよりも、今日を明るく身のまわりのものにも愛を注いで生きていきたい。それが私の考えです。

そして、高齢社会だと世間が騒げば、ぽっくり寺だのボケよけ地蔵《じぞう》なんてものまでできて、老人がバスを仕立てて押しかける。そうして近くの温泉街が繁盛《はんじょう》しているななど聞くと、人の心の弱みを商売に使うのはひどすぎると腹が立ってきます。

ですからそんな話をする人には、「ボケよけのお地蔵さんにお願いして、自分ひとりだけボケないで、まわりがみんなボケたら気味が悪いでしょう。みんなでボケれば怖くないいんじゃないかしら」と、笑いとばすことにしています。

早くから世間に放りだされたような育ちのせいか、私はものごとを暗く考えるのが嫌いで、苦労の先取りはまっぴらという思いがあります。

先のことを案じ、どんなに綿密に準備をしても、結局はなるようにしかなりません。だったら、あれこれ考えてもしょうがないのではないかということです。

「終活」をしない理由も、そんな私の性分によるところが大きいのかもしれません。

# 元気なうちに遺言書を

私には子どもがいないので、自分の死後の家や金銭、持ちものや蔵書の処理、寄付のリストなどなど、自分の意思《いし》のいっさいを記載《きさい》した書類を作成し、後事《こうじ》を甥に託しました。

夫が亡くなったあとの早い時期、六十代の終わりのことです。自己流でつくった書類だと、のちにトラブルになるケースもあると聞くので、戸籍の調査費用などさまざまな経費を含めて三十万円ほどかかりましたが、弁護士さんを訪ねて正式な書式の遺言書を作成しました。

現在、この書類は銀行の貸し金庫に入れており、何かあったらそこから封筒を取りだして、私の意思にそって事を運んでほしいと甥に頼んであります。一通を弁護士さんに預けておけば、関係者の手元へ確実に手渡されるので安心です。

また、私は献体の登録もすませてあります。献体というのは、医学の進歩のために死後無条件、無償《むしょう》で遺体を解剖《かいぼう》してもいいという意思を登録しておくということです。遺言書をつくった頃、友人の紹介でとある大学病院で健康診断を受けました。そのとき、医学生の勉強に大切な献体数が不足しているということを知り、その場で申込書をいただいて帰ったのです。

近くに住む妹にそのことを話したら自分も登録をしたいというので、二人揃って書類を提出し、手続きをすませました。

献体を希望した理由は、自分が死んだあとのことを考えたとき、少しでも社会の役に立てるようにと思ったのです。献体の登録をしても、気が変われば変更できますし、葬儀も普通に出せます。

ところで、早めに遺言書をつくるなどというと、高齢者ほど縁起《えんぎ》でもないと、いやな顔をするものです。

けれども曖昧《あいまい》な表現では、あとからいろんな人が出てきて、ああでもないこうでもないといいだすものです。だから、口約束ではダメ。

自分の意思をはっきりと伝えるためにも、またまわりにゴタゴタを起こさせないためにも、元気なうちに遺言書をつくることには意義があると思うのです。

## 人生の締めくくりはこんなふうに

遺言書には、葬式はしないでほしいと記してあります。

それは、姑と夫を身内だけで温《あたた》かく静かに見送った経験からです。姑がこの世を去ったのは九十六歳のとき。高齢であっただけに同世代の友人のほとんどはすでに亡くなっています。

夫は、葬儀をすれば母の顔さえ知らない自分たちの知りあいが駆けつけてくれることになるのではないかと考え、きょうだいで相談して子どもや孫たちだけで見送ろうということになりました。

無宗教なので戒名《かいみょう》もお経《きょう》もなし、姑の好物だったチーズケーキと紅茶を添えて、みんなで姑のことを話しながらひと晩を過ごしました。

たったひとり残っておられた学校時代からの姑のお友だちにはお知らせをしましたが、あとしまつといっても、いつも姑とつきあってくれていた私たちの友だちで、気のおけない人たちに、夫と相談して姑の持ちもので使えるものを少しずつ受け取ってもらった「お形見分《かたみわ》け」だけ。

夫のきょうだいも、そのつれあいも誰も口出しをしないし、私はアルバムだけを保存しておくことにして、着物や使えるものは老人ホームに寄付させてもらいました。

こうして身内だけで静かに温かく見送りをすると、夫はそのスタイルが気に入ったようで、自分のときも同じような別れ方をしてほしいといいました。

告別式というのは他人にとっては突然のことで、決められたときに自分の予定を変更したり、無理をする人も出てくるので、他人に迷惑をかけず、ひっそりとごく身近なものだけでやってほしいという考えが夫にもありました。

夫が亡くなったのは、その三年後。葬儀のことについて念のため、私は夫の弟に相談しました。夫の意思は尊重したいものの、私は他家から入った人間であり、夫は長男でもある。きょうだいたちには、ともに育った家庭の何かがあるかもしれないと思ったからです。

そうしたら、「これは自分たちがどうこういうことではなく、兄の意思どおりにあなたの思うように取り運んでくれてけっこう」という返事が返ってきました。それで私は心おきなく、夫が姑のときにしたように、無宗教で静かに見送ることができたのです。

私の場合も、それに従いたいと思っています。

夫のときには、世間一般の葬儀をしないことに私の親戚の中に反対をする人もいて、その後その親戚とはつきあいがなくなってしまいましたが、故人の望んだとおりのスタイルで見送ることができて、後悔はまったくありません。

人生の最後を締めくくる葬儀は、自分の思いどおりにしてもらえるのがいちばんしあわせでしょう。

おそらく多くの人が、冠婚葬祭は心ありきで形はシンプルにしたいと心の中では願っている。なのに、そこになかなか踏み切れないのは、どうしても他人の噂話《うわさばなし》が気になり、それをふり切る勇気がないということにあるのかもしれません。

幸い夫は、葬儀に対する希望を私にはっきりと伝えておいてくれたので、そこから勇気をもらい、周囲から反対されても私は自分たちで決めたお別れの方法を押し通すことができました。

# 小さな墓石に憧れて

夫が亡くなったあとは、多くの事務的なことが必要でした。

たとえば埋葬にしても、墓地の使用責任者の名義を夫から私に変更しなければならない。そのために戸籍謄本や印鑑登録証明書をとるとか、たくさんの書類を提出する必要があり、墓地の事務所に何度か足を運ぶこともしなければならなかったのです。

古谷家のお墓は東京・府中《ふちゅう》市の多磨《たま》霊園《れいえん》にあり、夫の父が用意してくれました。

義父は外交官をしていた関係で長年外国におり、赴任先《ふにんさき》で子どもをひとり亡くしているのです。夫のすぐ下の弟でした。

おそらく小さな骨壺《こつつぼ》にお骨を入れて、日本に持ち帰ったのでしょう。そのために墓地を用意し、お骨も納められていましたが、墓石は建っていませんでした。

それで私が、二十坪もある場所に墓石を建ててやり直したのです。

多磨霊園といえば、春になるとソメイヨシノ、しだれ桜、八重桜《やえざくら》などが咲き乱れ、見事な花のトンネルをつくることでも知られており、三島由紀夫《みしまゆきお》さん、山本五十六《やまもといそろく》さん、岡本太郎《おかもとたろう》さんなど多くの著名人たちが眠っています。

私たちの区画のあたりにも大妻《おおつま》学院創立者の大妻コタカさん、陸軍大臣だった宇垣《うがき》一成《かずしげ》さんなどの立派なお墓があり、名刺受けなどが添えてありますが、うちは何もない。ただ小さな墓石があるだけです。

いつだったか、鎌倉のお寺で見かけて私がとても感銘を受けたのが、昭和時代のエンジニアであり、実業家としても名を知られた土光敏夫《どこうとしお》さんのお墓。

石川島重工業・石川島播磨《はりま》重工業社長、東芝の社長・会長、そして日本経団連の第四代会長も務めあげた土光さんは、「メザシの土光さん」といわれ、そのつましい生活ぶりでも話題になった方でした。

その土光さんのお墓には、ごく小さな墓石にただ二文字「土光」とだけ書かれていました。お人柄が表れるというのでしょうか、すごく質素《しっそ》で私は感心したのです。

そのときに、いいなと思ったものですから、私は「古谷」とだけ記した小さなお墓を建てたのです。

# みんなのお骨を預かって

姑は古谷の家を出て再婚しているので、本来ならば再婚相手のお墓に入るのでしょう。しかし、再婚相手のお墓が岩手県にあり、そのおじいさまが亡くなったとき、カロート（納骨室）の中に、骨壺から出したお骨をザラザラと流し入れるのを目の当たりにした。

それ以来、「私、あそこに入るの、いやだ」というのです。

「私が死んだら古谷の墓に入れて」「みんなと一緒のほうがいい」と、あまりにも熱心に姑が訴えるので、それもそうだろうなと思い、「そういっているものですから、悪いのですがうちのほうに入れます」と私が交渉して、姑の骨を多磨霊園に納めたのです。

これには後日談があります。

私に「あっちに入るのはいやだからこっちに入れてね」といってきた姑は、自分の娘にも「私の遺言として、向こうのお墓に入らないで古谷家のほうへ入るからね」と告《つ》げていたようなのです。

姑が亡くなったとき、その娘に「私は遺言を聞いているのだけど」といわれて確かめてみると、私が聞いた内容とまったく一緒で「同じだわ」といって大笑い。よほど強く希望していたことだったのでしょう。

そのお墓には、私の甥がこまめに行ってお参りや掃除をしてくれていますし、多磨霊園の近くには姑の孫が住んでいるのです。

姑の長女は、宇野重吉《うのじゅうきち》さんと劇団民藝《みんげい》を創設した、役者の滝沢修《たきざわおさむ》さんの妻。そのいちばん下の娘がその孫で、彼女もときどき足を運んでくれています。

だから、「おばあちゃまは得したね。みんな近くにいて、お墓参りしてくれているよ」なんて、私たち夫婦でよく話したものです。

それから、私の妹は古谷のいちばん下の弟と結婚しました。つまり、私たちは夫同士が兄弟、妻同士が姉妹なのです。その夫婦も、もちろんそのお墓に眠っています。

宗派とかあるのかもしれませんが、夫もそういうことに関心がなかったし、聞いたことがありません。私にも何もないから、それだけはすごく簡単に考えています。

また、多磨霊園は宗派の決まりもなく、身内の者だったら誰を入れてもいいわけで、とにかくいろんな人たちが古谷家のお墓に入っています。


ただ、いまとなっては夫のきょうだいはみんないなくなってしまったから相談のしようがなく、私がみんなのお骨を預かっている状態。本当にどうしようかと、それだけが気になっているのです。

でも、いくらがんばったってしょうがないです、死んでしまえば。まあ何とかなるだろうと、そう思うしかありません。

# 第六章　心残りのない生き方を

# 六十六歳から始まった「ひとり」と「老い」の自覚

私は過ぎ去ったことをふり返ることをあまりしない人間です。

でも、ふと思うんです。私、六十六歳から元気になったなって。若いときよりずっと自由にもなりました。

それまでは本当に日々やることに追われているだけで、人生プランなど立てる余裕もなく、何も考えずに暮らしてきてしまいました。

しかし、ひとりになってからのここ三十年あまりは、本当に自分だけの責任で生きる厳しさと、しかし、自分だけの意思《いし》でものごとを決めていけるすがすがしさを感じて暮らしてきました。

これは家族への影響を考えず、ひとりの人間として生きているという実感です。

もっとも、私に限らずほとんどの人が、定年になるまでは仕事のことで頭がいっぱいで、老後のことまで考える余裕がないというのが実情ではないでしょうか。

私の場合は、六十六歳から自分が始まったと思っています。余生というよりは新しいステージに立ったという感覚でしょうか。それと同時に、これまで脇目《わきめ》もふらずに走ってきて目に入らなかった、自分の「老い」も見えてきたのです。

それまでいたって丈夫でしたから、いまみたいに足が痛くなったり、からだが自由に動かなくなるなんてことは考えもしなかった。そして、時間と心の余裕ができてようやく、これからはひとりで生きてゆかなければならないという自覚が芽生え、健康維持とともに「貯金もしなくては」と考えました。

家族で暮らしていた頃、お金に関してはすべて夫に任《まか》せていました。晩年、夫はあまり書かなくなっていましたから、私のほうが収入が多くなりました。ひがまれるのもいやだと思って全部お金を渡して、そこから私はお小づかいをもらっていたのです。

夫は若い頃から、自分で苦学生の寮《りょう》を運営していました。もっともお金は親が出していましたが、そういうことをしていたから家計簿などをつけるのが好きだったのです。だから案外細かくて、「これは今日、使ってもいいお金」「これは旅行のためのお金」など、封筒をつくって分類していました。だけど、うちにいくらお金があるかはわからない人でした。

そんな調子でいっこうにお金が貯《た》まらなかったので、あるときわが家では「ピンピン貯金」というものを始めたのです。

当時、原稿料は現金書留で自宅に届きました。その中にピン札があれば、私がもらうという決まりをつくったのです。

一枚あると御《おん》の字でしたが、まれに全部ピン札で来ることがあり、そんなとき夫はお札をワーッと手でくしゃくしゃにしてピンでなくしてしまう。なんだか子どもの暮らしみたいで、結構おもしろくやっていて、あまり将来のことを真剣に考えていなかったということでしょうか。


私は十七歳から職業学校に通いながら会社勤めをして、自分の生活はきちんとやりくりしていたので、どのくらいあれば暮らせるかがわかっていましたし、必要な分だけあれば満足していました。

でも六十六歳で新たな生活が始まると、これからは働けなくなった場合のことも考えなければならないと思い、改めてお金が必要だということがわかりました。

将来のことも考えて預金をし、債券《さいけん》や株を買ったこともあります。私にお料理を教えてほしいとうちに来ていた方が山一《やまいち》證券の秘書課の女性で、ノルマがあるとかで割引債をいくつか購入していました。

その方、毎週のようにわが家に来ていて、買った債券をこまめにお金に替えてくれる。だから私はすごく楽で、それをみんな貯金していました。トータルでどのくらいの数だったのでしょうか、毎月買っていたのですが、二十年ほど前にその証券会社がなくなったのでやめてしまいました。

同じ頃に買った株は移管されていまも残っており、配当もときどき来ます。なぜそれが続いているかというと、株主優待とかいうチケットがもらえるから。自分が使わなくてもまわりがほしいなんていうと、あげられるでしょう。そういうのがうれしくて、そのままにしています。

そのときの彼女も定年で仕事を辞《や》めてつきあいもなくなり、そのうちに出版や何やお金が入るようになったので、いまは残った株と銀行預金だけ。私は後のことをすべて甥《おい》に頼んでいるので、その奥さんに必要な分だけおろしてきてもらったり、毎月記帳もお願いしています。

# 食費と交通費だけはケチらない

「収入の十分の一で暮らせるようにならないとダメだ」

生前、夫はよくこういっていました。私の夫は戦前から戦後にかけての文学者たちと同時代を生きた人でした。

実生活には無関心で保険は嫌い、定収入がなかった私たち夫婦の仕事は、たとえば今月はふたりで百万円あったとしても、来月は十万円かもしれない。そんな安定感のない生活でしたから、いまあるからといってパーッと使うわけにはいかなかったのです。

食べられないというほどではないにしろ、若いときにはお金に苦労したこともあります。けれども私は、もともと衣服や化粧品には構わないほうですし、一度買ったものは何十年も使いつづけるタイプ。質素《しっそ》に暮らすことには慣れていましたから、綱渡《つなわた》りの生活もさほど苦には感じませんでした。

着るものだとか化粧品だとか、装飾品などには若い頃から興味がなく、夫からもよく「本当に、きみは安上がりな人だね」なんていわれていたのです。

ある程度自由にお金が使えるようになったいま、それでも家は五十五年前のまま、台所には何十年も前に買った食器やら調理器具がゴロゴロしており、つましい生活は相変わらずですが、「食費」と「交通費」だけはケチしないことにしているのです。

とくに食べることについては、私は絶対に出し惜《お》しみをしません。おいしいと思ったものはすぐに取り寄せますし、好物は人を誘って食べに出かける。自分の好きなものだけは、不本意なもので妥協《だきょう》したくない、よいものを選びたいのです。

そして、交通費も年寄りの必要経費だと割り切っています。

最近は歩くのも簡単ではなくなってきていますから、少し遠くに行くときは、タクシーを呼んで目的地まで行ってもらう。いまは電車には乗っていません。

がんばれば、歩いていけないことはないかもしれないけど、途中で転んだりしたらばからしいではありませんか。

月に一回、往診に来てくれるホームドクターに、いちばん心配なのは転ぶことだといわれているので、あまり無理はしないのです。それに毎日というわけではないですから、歯医者さんに行くときもタクシーを利用します。つまるところ、お金の使い方とは、そういうものではないでしょうか。

## 長寿より大切なこと

私の両親は六十代で亡くなっていますし、自分がここまで生きるとはまったく思っていませんでした。長生きの秘訣《ひけつ》といっても、特別なものを食べたり飲んだりしているわけでなく、毎朝続けている体操があるわけでもない。人さまにお伝えするような健康法なんてものは何もないのです。

満百歳の誕生日を前に、「男ざかりは百から百から、わしもこれからこれから」と、三十年分の材木を買いこんだという、平櫛田中《ひらくしでんちゅう》さんという彫刻家がいましたが、そんなことを思わなくても私は長く生きてしまったし、いまも「百歳まで生きよう」などという気はないです。

くり返しになりますけれど、本当に「明日はどうなるかわからない」で生きてきました。だから毎日、今日も無事に生きられて、しあわせだと思えるのです。

そんな私世代よりも、いま、六十代、七十代の女性たちが、すごく焦《あせ》っているようなところがありますね。

この世代だと、まだ自分は若いという気持ちがあるでしょう。だから同窓会の話などを聞いているとおもしろくて、ちょっとみんなに好かれている男性の話が出ると、「じっとあの人のことを見ていたのよ」などと少女のようにむきになっている。

六十代、七十代の女性がまだそういうことをいっているのが私にはおかしく、でもそのくらいなら元気な証拠だなと。ただし、若いつもりでいながら、自分の将来が不安だと妙に焦っているからアンバランスな感じがするのです。

やはり「明日はどうなるかわからない」という、いい意味での諦《あきら》め、それが重要ですね。いつどんな病気にかかるかもしれないし、天災に遭《あ》うかもしれない。明日のことは自分の力ではどうにもならないのだから、先のことを過剰《かじょう》に怖がらないことです。

将来を自分の手でどうにかできると思ったり、なんとかして安定した地盤の上にいたいとか、そう思ったら不安材料は次々に出てきますから。

いつの時代も、長寿はめでたいことに違いありません。けれども、これからの高齢社会では長く生きることだけではなく、「いまを本当に充実して生きる」ことを考えたいものです。

そういう意味では、より足もとを見て丁寧《ていねい》に暮らすことが肝心《かんじん》になってくるのではないでしょうか。

# ずっと胸に刻んでいる夫の言葉

私は幼い頃に両親が離婚しているので、自分が家庭を持ったら絶対に大切にしようと決めておりました。幸いなことに夫の家族はきょうだいもみな仲がよく、ことに私は姑《しゅうとめ》が大好きでした。

文芸評論家の夫は女性論もしたため、「女性も仕事を持ち、社会参加するべきだ」という考えの持ち主。ですから、私が生活者の目線で家事のコラムを書かないかとすすめられたときも応援してくれました。

しかし夫は、それは口うるさい人で、いろいろと文句をいわれました。

原稿などには女性も社会に進出するべきだなどと書き、実際にそう考えていたのでしょうが、実生活では脱いだものはそのまま、お茶ひとついれない。結局のところ、家事は女房の仕事と感じていたのでしょう。だから私は夫のことを「封建的フェミニスト」といっていました。

夫にチマチマと文句をいわれると、こちらも腹が立って反発します。喧嘩《けんか》をしている最中は、絶対に相手が悪い、と信じて疑わないのですが、しばらく時間がたってよくよく考えてみると、やっぱりあちらが正しかったなあ、と思えることが多かったのです。

だから、いくらわがままをいわれても、つきあってこられたのかもしれません。

そして、年じゅう叱《しか》られていましたから、「えい、やってやれ」とおなかの底ではいつも思っていました。それが私の生きる力になっていたのかもしれません。

もっとも、姑が来てからはハラハラさせてはいけない、平和に暮らすために逆《さか》らわないようにしようと少しは抑《おさ》えましたが。

この封建的フェミニストから私は、いろいろなことを教わりました。

とくに人づきあいについて、胸に刻《きざ》んでいる夫の言葉があります。

「人の悪い点についてあれこれいうのはバカバカしい。それよりも、よいところを見落とすな」

一九七〇年頃、「年をとると友人が少なくなる。勉強仲間がいるといいんじゃないか」と、毎月の研究会「むれの会」を発案したのも夫です。

同居していた姑が認知症になったり、夫が体調を崩《くず》したりして家庭内で多忙を極《きわ》め、執筆のペースを落とした八〇年代はじめの頃も、むれの会だけは変わらず自宅で開き、現在もなお続いています。


そのときは気づいていませんでしたが、私は家族から目に見えない尊い贈りものをたくさんもらっていたのです。そして忠告してくれたり、注意してくれる人がいなくなったいま、ふと夫の苦言《くげん》を思い出し、自分の行動を反省することもあります。

喧嘩の最中に「ぼくが死んだら、誰もこんなことをいってくれないぞ」とどなった夫の言葉はやっぱり正しく、どこかで私の礎《いしずえ》となっているのです。

「苦労すればするほど、柔らかに、素直になれる人がいる」というのも、かつて夫がいっていた言葉です。

年を重ねるほどにその言葉の深さがだんだんわかってきました。そして私は、そうなれているかしらと、ときどき自分の胸に手を当てています。

そういえば、夫婦揃《そろ》って近所で飲んだ帰りにヒヨコを買って育てはじめたら、じつはアヒルで、どんどん大きくなるわ、ガーガー鳴きながら庭じゅうを走りまわるわで、たいそう困り果てた思い出があります。二羽とも卵を生みだしたのには仰天《ぎょうてん》。夫が「この卵でお菓子でも焼いて近所に配ったら?」というので、マドレーヌを焼いて、「いつもうるさくてごめんなさい」と謝《あやま》ってまわったりして。毎日がそんな調子で、互いに家庭生活も仕事も満喫《まんきつ》していたように思います。

わがままで、面倒な人でしたけれど、すごく誠意を持っていたし、嘘《うそ》のない人でした。

# 「イクメン」のいる時代への期待

いつの時代も、仕事を持つ女性たちはたいへんだなと感じます。

女性も産業にもう少し加わってほしいなんてことをいいだしたのは田中角栄《たなかかくえい》首相の頃で、「本当にそう思うなら、もう少し男は考えろ」ということを「新潟日報」のコラムに書いた記憶があります。

私自身、仕事をするうえで女というハンディをものすごく感じていましたから。

私は大正生まれの人間ですから、女が思う存分に生きるなんてことは許されない時代に青春を生きました。そして若さをいちばん楽しめる時期は、日本の暗い戦争の時代でした。

敗戦で新しい時代を迎え、日本の風習もずいぶん変わりましたが、女が仕事を持って家庭も仕事も大事に生きようとすれば、男性の三倍は努力しなければならなかった。

まだまだ男は仕事、女は家事育児という時代、私も明治生まれの姑と夫のいる身でした。

育ちの環境と、家事には無縁《むえん》で暮らしている二人の家族の間で、仕事を持ちながら家のことをすべて任された日々は、叫びたくなるようなこともありました。

その頃に比べればだいぶ女性が働きやすい時代になったものの、お姑さんがいたり、旦那《だんな》さんがいたり、小さな子どもを抱える女性にとっては、いまも仕事と家庭を両立させるのは並大抵《なみたいてい》のことではないでしょう。ただ、昔に比べるとだいぶ男性が家のことを手伝うようになりましたね。

支度や片づけを手伝ってもらえる親類の若い者を呼んで、わが家で食卓を囲むことがあります。もちろん、一緒に楽しんでもらえるようにして、同時に料理づくりや食卓の準備、さらには人を招くときの心得《こころえ》を話したりして、手伝うことで何かを学んでもらいたいとも思っています。

私の甥の一人には三人子どもがいて、それぞれ結婚して同じ頃に子が生まれているのです。その甥の家族がみんな集まると十一人にもなってしまう。

そういうときに若い人たちを見ていると、いまのお婿《むこ》さんたちはすごくよくやりますね。オムツを替えるのから何から。ひとりは「イクメンになるんだ」なんていって、一生懸命に子どもを抱えて世話をしていました。

みんなで食事をした後のお皿洗いなんか、若い男性たちは本当に上手。それを見ていると、あ、いいなと思ったり、少し褒《ほ》めてみたり。


いままではそういうところが、女にとっていちばんつらいところだったでしょう。外でのことはわかり切ったことで、女にできるものかと思われている面があったと思いますが、家の中での抵抗というのがたいへんだったから。

最近は若い男性の意識が変わってきて、家事も分業化されつつあるようですが、はたして彼らが管理職になったら家のことにかまっていられるでしょうか。

イクメン文化がしっかりと日本に定着し、外での抵抗も少しずつなくなり、本当の意味で成熟した男女平等の社会になってくれればいいなと私は期待しています。

# 年齢を否定してはもったいない

じつは少女の頃、私は二十五歳で死にたいと思っていました。当時の文学少女たちが愛読した『ささやき』という本に影響を受けたのです。

それは汚れた大人の世界を生きることを拒《こば》んで自殺した少女の書き残したもので、私はそれに感激し、もし二十五歳を過ぎても生きていたら、恥《はじ》多いことであろうと考えていたのです。

夫と出会ったのは二十三歳の頃でしたから、何かの折に、二十五歳で死にたいと思ったことなどを私はしゃべってしまったらしい。

二十三歳の頃でもまだ、そんなふうに考えていたかどうか忘れてしまいましたが、当時の私は、結婚を考えていた人の戦病死というショックを受けていたので、生きることへの強い願いはなかったかもしれません。

夫との生活は三十歳を過ぎてからですが、私はよく夫からこのことについてからかわれたものです。

何よりも健康が大切だからと、栄養のことを熱心に話したりしていると、「きみは二十五歳で死ぬんじゃなかったの。倍も生きちゃったのだから、もう好きなものを好きなだけ食べたり飲んだりしていいじゃないか」などと、とくに中年を過ぎた頃からは、もっと自由になれという意味をこめてからかわれたのです。

いざ家庭を持ち、わがままな夫と、四十代なかばからは姑も一緒に暮らすようになると、年齢を意識することもなく、ただ毎日を夢中で生きてきただけで、気づくと九十七年も生きてしまった。

年齢を意識しないのですから、当然、若返りたいなどと考えたこともなく、白髪を染めたこともありません。

最近女性誌を読むと、表面的な若さだけを追い求めるような記事や広告がとても多いような気がします。若いことがいいことで、老いはダメという考え方が根底に流れている。老いを怖がっているのです。でも、それは違うぞと私は思うのです。

年を重ねれば、その年月の分だけいろいろ見たり聞いたりするので、「ものを知る」という喜びもどんどん積み重なります。

若いときは見えなかったことも見えるようになります。未知の自分に会えるのです。だから加齢は決して悪いことではありません。そして、年をとったからこその、おもしろさもあるんですよ。

一年たったらひとつ年をとるのは当たり前。年を重ねつづけて、誰もが最後は滅びる。それは避けて通れない自然なこと。年をとったことを否定してはもったいないと思います。

# 私に残された人生の宿題

三年ほど前に、『あの頃のこと　吉沢久子、27歳。戦時下の日記』（清流出版）という本が出版されました（二〇一五年六月、『吉沢久子、27歳の空襲日記』と改題のうえ、文春文庫に収録）。これは、一九四四年秋から一九四五年夏まで、のちに夫となる古谷綱武の留守宅を預《あず》かりながら、戦時下の東京での暮らしを綴《つづ》った私の日記をもとにしたものです。

出版にあたって改めて当時の日記を読み返すうちに、あの中でよく書いたなぁという思いとともに、戦争を知らない人たちに、二十七歳の女を通して見たあの頃の暮らしぶりをそのまま知っておいてもらいたいという気持ちが出てきました。

これとは別に、私は以前から記録として残しておきたいと思い着々と準備を進めてきたものがあります。それは「台所の戦後史」です。

多くの尊い命が犠牲になった太平洋戦争の終結から今年で七十年。日本の台所は何百年もの間、同じ形態を保ってきました。ところが戦後七十年足らずの間に、今度は激しい変化を遂げることになったのです。

さまざまな道具や技術が消え、代わって新たなものが現れてはまた消えていきました。

しかし、その各々《おのおの》が日本人の生活に与えた影響について語られた本は少なく、忘れ去られようとしていることもたくさんあります。

私が結婚をしたのは終戦の六年後。まさに調理器具や調理法などが大きく変化していった時代、日々台所に立って食事の支度をととのえてきたひとりの女性として、自分史とからめながら、研究成果をまとめたいと考えています。

いまは生活が便利になりすぎて、自分で考えない人も多い。冷蔵庫すらない時代でも、工夫すれば不自由を感じずに生活できたということを書き残しておきたいと思っています。

若き日に、先輩女性たちの経験を夢中で見聞きした私は、いま、自分が語り手となり、かつ記録者となろうとしているのです。

**著者略歴**

一九一八年、東京都に生まれる。家事評論家、随筆家。文化学院卒業。文芸評論家・古谷綱武と結婚、家庭生活の中から、生活者の目線で暮らしの問題点や食文化の考察を深める。一九八四年からはひとり暮らし。さらに、快適に老後を過ごす生き方への提言が注目を集めている。

著書には『吉沢久子 97歳のおいしい台所史』(集英社)、『吉沢久子、27歳の空襲日記』(文春文庫)、『ほんとうの贅沢』(あさ出版)、『96歳 いまがいちばん幸せ』(大和書房)、『前向き。93歳、現役。明晰に暮らす吉沢久子の生活術』(マガジンハウス)、『年を重ねることはおもしろい。』『人間、最後はひとり。』(以上、さくら舎) などがある。


# 今日《きょう》を限《かぎ》りに生《い》きる。

――人間《にんげん》、明日《あす》のことはわからない

二〇一五年九月一一日　第一刷発行

著者　吉沢久子《よしざわひさこ》

発行者　古屋信吾

発行所　株式会社さくら舎　http://www.sakurasha.com

東京都千代田区富士見一-二-一一　〒一〇二-〇〇七一

電話　営業　〇三-五二一一-六五三三　FAX　〇三-五二一一-六四八一

編集　〇三-五二一一-六四八〇

振替　〇〇一九〇-八-四〇二〇六〇

装丁　アルビレオ

写真　高山浩数

編集協力　ふじかわかえで

印刷・製本　中央精版印刷株式会社





ISBN978-4-86581-027-1